银孔雀

安房直子经典童话

[日]安房直子 著

彭懿 译

少年儿童出版社

果麦文化 出品

目录

银孔雀 / 001

绿蝶 / 033

熊之火 / 041

秋天的风铃 / 063

火影的梦 / 075

大蓟原野 / 111

蓝色的线 / 127

银孔雀

看着她那个样子,
织布匠突然冒出来一个奇异的想法:
也许说不定,这些人是孔雀吧——
不会是悄悄地活在
这片原始森林深处的孔雀的化身吧?

从前，遥远的南方的海岛上，有一位手艺高超的织布匠。

虽说还是一个小伙子，但他织出的布的美丽的颜色、手摸上去的感觉，却无人能比。而且，像他这样热心工作的男人也是极其罕见的。他一旦开始织布了，就忘记了睡觉和吃饭，一直坐在织布机的前面。

不织布的时候，他就染线。用树皮或是草根当染料，从早到晚蹲在屋子前头，一直到染出自己希望的颜色的线为止。

还有，即使是迷迷糊糊地躺着的时候，也在思考着新的图案。织布匠想让森林里常见的、大大的蓝凤蝶，在布上飞舞；想织出天上的星星。此外，他想把大海——那蓝色的大海本身，它的声音、气息和光辉，整个一起织到一块布里面。还不仅仅是这些呢，他还想织出各种各样眼睛看不见的东西。比如说"梦"啦，"悲伤"啦，"歌"啦，"幸福"啦，以及"过去的回忆"什么的……

想着这样的事情的时候，织布匠的脸颊上就会燃烧起一种玫瑰色，胸口就会怦怦地跳。然而，贫穷的岛上的人们，来求这个织布匠织的东西，全都是一些单纯的实用品。而且他的工具也好，线也好，也只是适合织这些实用的、粗陋的东西。

唯有织布匠的梦想大得不相称……

一天夜里，一个男人找到了这个织布匠的家里。

借着雾，连脚步声也没有，这个男人简直就像是黑暗里剪下来

的一片碎片似的来了。男人把耳朵紧紧地贴在织布匠家的门上，好一阵子，就那么专心地倾听着从屋里传来的织布机有规律的声音。紧接着，就笃笃地轻轻敲了敲门。然后，也不等里头的回应，敏捷得像一只黑蝴蝶，一闪身进到了织布匠的家里。

"晚上好。干劲真足啊！"

男人冷不防这样说。

这是一个昏暗的房间，唯有织布机那里被煤油灯照亮了。房间的角落里，织布匠的小弟弟呼呼地熟睡着。这突如其来的人声，吓得织布匠肩膀头一哆嗦，回头一看，只见那里立着一个穿一身黑衣的小个子老人。在煤油灯的映照下，只有眼睛看上去是绿色的。

"这么晚了，有什么事吗？"

织布匠小心地询问道。对方压低了声音，清楚地这样说道：

"我来求你一件事。"

"……"

什么事呢？说不出为什么，织布匠好像是有点明白了。他听人说过，恶魔的使者就常常是这样一身打扮，在深夜里出现的。

村子里的木匠说，不久前也是有这样一个男人说有事求他，差一点就被带到可怕的恶魔家里去了。半道上，他说忘了带锤子，跑了回来，才算是捡回了一条命。

——说到那个来接我的男人的眼睛，就像绿色的火苗，如果要是被那家伙盯上了，你就完了！我尽可能不去看那双眼睛，就这样，眼睛朝下看着说话。接着，当他说"跟我一起走"时，我跟在他后头走了一会儿，一看，这不是在往那片原始森林里头钻吗？我马上就叫了起来：啊，东西忘了！一溜烟地跑了回来。你问他有没有追我吗？那我可就不知道了，我连一次也没回过头——

织布匠清楚地记起来一个月前听到过的木匠的话，他猛地哆嗦了一下。啊，对了，说起来，这样的事还不止听到过一次呢！

（终于轮到我头上了！）

怎样才能拒绝这个男人呢？织布匠全神贯注地想。可是，还没等他想出来，对方已经开口说出了来意。

"有样东西务必要请你织。"

老人的话，平静而彬彬有礼。织布匠反而更加惊惶失措了：

"这、这会儿，正忙得团团转，活儿多得不得了……"

他声音小得都听不清了。男人毫不犹豫地走到织布匠的身边，用手拿起才织了一个开头的布，出神地凝视着：

"如果用更上等的线来织，你织的布就会更好看吧……"

（更上等的线？）

织布匠的心动了一下。其实，就是在刚才，他还在想着这件事呢！真想用那些高贵的人用的璀璨夺目的丝线或是金线银线，尽情地织一块美丽的布啊……男人仿佛已经看透了织布匠的心似的，这样说道：

"就是请你务必用绿色的丝线、比太阳光还要上等的金线、比月光还要柔美的银线，织样东西。"

"到、到底什么地方才有那样的线啊？"

织布匠用交集着渴望与恐惧的目光，战战兢兢地看着那个男人。

男人静静地说：

"请跟我来。"

听了这话，织布匠发出了一声尖叫：

"如果是原始森林，我可不去！"

男人的脸上突然掠过了一丝悲哀的表情，然后，坦白地说：

"我绝对不是一个恶魔。"

他又说：

"我是为了某些尊贵的人，才来上门求你的。没有一点欺骗你或是出卖你的意思。"

原来是这样啊！这么一想，再一看这位老人的脸，确实是一张温文尔雅的脸。那雕塑一般的相貌，怎么看怎么也是有来历的。就是木匠说的那像火一样燃烧着的绿眼睛，也让人觉得是勇气和忠诚的象征。再说了，那个木匠又没有进到原始森林里去过。那么，说这个男人邪恶的证据究竟在什么地方呢……

（那小子是个胆小鬼！）

织布匠这样想。接着，又琢磨开了：

（而且，要是能把金线银线绕在织布机上，织成想象中的布，就是有那么一点害怕又……）

于是，他就彻底平静下来了，问道：

"原始森林里有织布机吗？"

老人像是松了口气似的，点点头：

"当然有了。漂亮的房间里的漂亮的织布机，在等着你哪。"

于是，织布匠下了决心，说：

"那么，就陪我去吧！"

他打算去去就回来。说这话时，像是明天早上就能回来似的。

织布匠跟在不可思议的男人后头，出了家门。

这是一个没有月亮也没有星星的黑夜，只有海浪的声音。两人排成一列,啪嗒啪嗒地走在隐约可见的白色的道路上。

男人光着脚。织布匠也光着脚。两个人的步伐是那样的一致。就凭这一点,织布匠就相信了走在前头的男人的话和心。

道路离开了大海,成了一个缓坡,向森林的方向延伸过去。森林深处,鸟在慌慌张张地叫着。没有风。森林就宛若一个屏住呼吸的黑色的巨大生物似的。

"相当远了吧?"

听织布匠这么一问,走在前头的男人点点头:

"相当远了。大概是到今天为止,还没有一个人到过的地方了吧!不过,你不用担心,回来的时候,也一定会这样送你回来的。"

于是，织布匠就放心了。男人用两手拨开繁茂的草蔓，开出一条道来，简直就像一个野生的猴子似的前进着。织布匠只是紧紧地跟在他身后。

织布匠的心，完全被新的工作占据了。织好的美丽的布一浮现在眼前，就是再远的地方，也要去了。就这样，他就好像是走在前头的男人的影子里似的，朝前走去。

原始森林里，到处绽放着大得吓人的红百合。那呛人的花的气味，让织布匠的头昏沉沉的，那种感觉就像是喝了烈酒之后似的。不知不觉地，织布匠就已经忘记从家里出来多长时间了。

"还没有到吗？"

织布匠用泄气的声音，问了一遍又一遍。那个男人总是回答道：

"还有一点。"

然后，就又用同样的步伐朝前走去。像是在嘲笑这两个人似的，树上的鸟发出了一阵尖锐的叫声。

就这样，两个人竟然走了三天。

绿色的白天与黑色的夜晚，按时交替到来。当太阳升起来的时候，走在前头的男人就会把那身黑衣裳，从脑袋开始蒙得严严实实；到了晚上，又会歇上一会儿，生起一堆火，烤几个香蕉。

第三天的夜里，织布匠在远远的树丛之间，发现了一团朦朦胧胧的光亮，他一下子醒了过来。它在一个非常高的位置上。

"那是……"

织布匠用手指着问道。走在前头的老人点点头，回答道：

"那里就是我们的塔。"

"塔？"

织布匠心中涌起了一种不可思议的感觉。说到塔,他也只是听说过,连一次也没有看到过。因为村子里,只有屋顶覆盖着椰子树叶子的屋檐低矮的房子。

"塔可真高啊!"

织布匠抬头仰望着那团灯光,向往地嘀咕道。

那男人得意扬扬地说:

"是高啊。和这一带最高的树一样高。这会儿亮着灯的,就是你的房间。那个房间里,有你从今往后要用的织布机和线。"

"……"

织布匠不能不赞叹了。可尽管如此,他还是在想,在那么高的地方,究竟织什么东西呢……

正这么想着,两个人已经走到了森林深处的塔的下面。定睛望去,这座灰色的建筑上,有好几扇没有亮灯的窗户。从下面往上数第五扇,也就是说只有第五层的窗户,像点亮了一颗星星一般明亮。

"那么,让我为你引路吧!"

男人一闪身进到了塔里。

塔里面漆黑一片,静悄悄的。男人以熟悉的脚步开始爬起楼梯来了。织布匠跟在后头,努力不落在后面。然而楼梯相当陡峭,不歇口气根本就爬不上去。

"请再慢一点爬。"

织布匠用嘶哑的声音恳求道。老人的脚步稍稍放慢了一点。织布匠站住了,等不再喘气了,轻声地问道:

"喂,到底是谁住在这塔里?喏,是谁住在下面没有点灯的窗户里?"

想不到老人用极其含混不清的声音，唱起了这样的歌：

"银闪闪的月夜里，
吹来了一阵怪风，
绿树的叶子被刮跑了，
被刮到了千里之外的彼岸，
仅剩下了四片花瓣，
咕咕噜、咕咕——"

织布匠一边往楼梯上爬，一边把这首歌轻轻地重复了一遍，可是一点也不明白是什么意思。

很快，两个人就到达了塔的第五层。"嘎吱"一声，推开楼梯上的一扇沉重的门，就是那个亮着灯的房间。

装在墙壁上的烛台上，摇曳着一支蜡烛。被它那青白色的光一照，巨大的织布机和金线银线一下子映入了织布匠的眼帘。

"就是它就是它！"

织布匠冲进了房间里，禁不住摸起线束来了。金线银线爽爽的，摸上去是一种酷似冷水的感觉。啊啊，用这样的线织出来的，该是怎样美丽无比的布啊……

"是要用它织高贵的人的盛装吧？"

织布匠干劲十足地问。然而，老人却轻轻地摇了摇头。

"啊啊，那么是壁毯吗？能织出非常好看的呢！"

老人又摇了摇头，静静地这样说道：

"想用这线织一面旗子。"

"旗子？就是……"

织布匠的一只手挥了挥。

"是的，织一面飘扬在这座塔顶上、正方形的大旗子。"

"……"

"也就是王族的旗子。旗子的当中，要浮现出一只大大的绿色的雄孔雀。"

"雄孔雀……就是那种羽毛漂亮的鸟？"

"是的。绿色的尾羽全都展开的样子。羽毛上有黑色和银色的圆形图案。鸟冠上是黑色的王冠。"

织布匠闭上眼睛，试着想象起美丽的孔雀的身姿来了。老人把嘴轻轻地凑到了他的耳边，说出了这样一番话来：

"听好了，是绿孔雀哟！绝对不是别的颜色！"

"我明白了。是开屏的绿孔雀。我会织得非常漂亮的！"

织布匠低声像是呻吟一般地答道。然后，他一想到这样的工作还是头一次，手心就痒痒起来了，恨不得现在立刻就开始工作了。老人满意地凝视着织布匠的那副样子，说：

"那么，今天晚上就睡在这里。天亮了，就开始工作吧！"

他这才发现，房间的一角有一张竹编的床。当看到它的时候，织布匠记起了丢在家里的弟弟。弟弟才刚刚十岁。恐怕这会儿，正在转来转去地寻找突然失踪了的哥哥，哇哇大哭呢。

（事先打声招呼就好了。织这么一面大旗子，十天二十天是不可能回去的。不，弄不好，说不定要一个月以上……）

不过，只想了一会儿，织布匠就决定把弟弟忘掉。到自己回去那天为止，村子里一定会有人照顾弟弟健康地成长吧！

（如果我能干上这样好的工作，手艺大长地回家去，就是让那小子哭上几天也行。说到底，还是这样好。）

这样一想，织布匠的心就平静下来了。有一种想稳稳当当地坐下来干活儿的心情了。

"好吧，让我明天开始干吧！"

织布匠像个手艺人似的干脆地说。一身漆黑的男人那双燃烧着的眼睛放光了，他点点头，留下这样一段话，走出了房间：

"那就拜托了。你的饭，我会送来。请你只想着怎样织好旗子，其他的任何事情都不要想。请不要去想知道或是去看多余的事情。"

织布匠照他说的那样劳动着。在不可思议的塔里头，专心致志地织着不知是为了什么而使用的布。

从塔的第五层的窗户里，日复一日地传来织布机那有规律的声音。

到了夜里，那个男人就会送来水和饭。不可思议的是，自从来到这里以后，织布匠一天一次、只吃那么一点点东西就足够了。而且还全都是草籽、树芽或是水果。时不时，织布匠会听到窗户底下响起"布呜——布呜——"的鸟叫声，听到风摇树叶的哗啦哗啦声，但他连朝窗户底下看都没有看一眼。

就这样，好多天过去了。要说真的到底过去多少天了，织布匠根本就不知道。好不容易在布上织好了鸟的两只脚，接下来，终于要开始织孔雀那漂亮的羽毛了。

太阳一下山,房间里就溢满了青紫色的光。桌子上,放着老人刚刚才摆上去的食物的盘子。

织布匠闭上眼睛,在心中描绘起马上要开始织的孔雀羽毛的图案来了。他的脑子里,全被工作占满了。所以直到刚才为止,一点都没有发现背后的门被打开了一条窄缝,从那里面有好几双大眼睛在目不转睛地盯着自己。

"在做什么哪？"

当从身后冷不防冒出来这样一句招呼声时，织布匠觉得好像是突然听到了另一个世界的声音。那不是用嘴说出来的声音——对了，要是风铃草唱起歌来的话，大概就会发出那样的声音吧？

"在做什么哪？"

"在做什么哪？"

"在做什么哪？"

回过头定睛一看，只见从打开的那道门缝里，好几个女孩子正盯着自己。一瞬间，那几双绿色的眼睛，让织布匠以为是从现在开始要织的孔雀羽毛的图案了。织布匠不知道这是怎么一回事了，不停地眨巴着眼睛。

门打开了，长长的黑头发的女孩子们突然拥进了房间。女孩子们把织布匠给围了起来，异口同声地问：

"在做什么哪？"

不知为什么，织布匠觉得有点晃眼，眼睛向下看去，张皇失措地只回答了一声："孔雀的……"当他抬起眼睛，见那四个还很小的女孩正向下蜷着身子，目不转睛地看着织出来的布，织布匠这才稍稍松了一口气。

（怎么，我还以为有一大群呢！只有四个人啊！）

四个女孩的头发上，各插着一朵自己喜欢的花。戴着大大圆圆的金耳环。它们让织布匠觉得格外晃眼。因为像这么美丽的装饰品，村里的女孩子们谁也没有。

"从什么地方来的呢？"

织布匠嘟囔着问了一声。只听女孩子们一个挨一个地回答道：

"我是从第四层来的。"

"我是从第三层来的。"

"我是从第二层来的。"

"我是从第一层来的。"

不管是哪一个，都长着同样的面孔。简直就像是一胎生下来的四姐妹似的。

"是这样啊！这么说，你们是这座塔里……也就是那四片花瓣吗？"

织布匠想起那天那个引路的男人嘟嘟囔囔地唱的歌来了。四个女孩子点了点头，就像是说出谜底似的，异口同声地唱道：

"四片花瓣公主。"

"啊呀……公主？"

这么想着一看，几个女孩子的脸上是有那么一种非凡的气质。见织布匠彻底叹服了，第四层的公主突然说出这样的话来：

"我的房间，就在这下面哟！每天晚上声音吵得我都睡不着觉！"

"声音，什么声音？"

"就是叮咣、叮咣的声音。"

另外那三个女孩子也齐声叫了起来：

"真的睡不着觉！"

说得倒也是，织布匠每天夜里都工作到相当晚。

"啊……可有那么响吗？"

自己织布机的声音一直响彻塔的第一层、第二层，这让织布匠怎么也想不通，可又不想多说什么了，就坦率地道歉说：

"那就是我的不对了。"

可女孩子们脸上的表情已经完全不把那当回事了，又朝织布机织出的布探出身子，七嘴八舌地问道：

"在做什么哪？"

织布匠有点得意了：

"旗子。孔雀的旗子。"

他答道。

"漂亮的鸟啊！开屏的美丽的孔雀，就要从这里一下子浮现出来了。瞧啊，这是孔雀的脚……"

织布匠的话还没有说完，四个人的脸，就变得认真得叫人吃惊起来了。很快，第一层的公主马上悄悄地凑到了织布匠的身边，耳语般地问道：

"那是银孔雀吗？"

"不，是绿的。"

织布匠连看都没有看到过银孔雀。说到孔雀，不是蓝的就是绿的，至多是紫色的。这回，第二层的公主摇晃着耳环，热心地说：

"织银色的吧！银色的！"

第三层的公主也说：

"浑身上下全都是银色的。从冠子到翅膀、脚都是银色的。"

"是的，连声音都是银色的。"

第四层的公主说。

织布匠惊得目瞪口呆了：

"连声音都是银色的？"

他叫道：

"可你们知道孔雀是怎么叫的吗?"

听他这么一问,其中的一位公主把手贴在了胸口上,"布呜——布呜——"地叫给他听。

织布匠不觉"啊呀"了一声。因为这和白天塔下面常常响起的鸟叫声一模一样。

"是'布呜——布呜——'啊,原来那就是孔雀的声音啊!这么说,这附近有好多孔雀呢。"

织布匠感叹地点了好几次头。公主们喜悦万分,一齐把手贴到了胸口,异口同声"布呜——布呜——"地叫给他听。织布匠笑得腰都直不起来了,他问:

"那么,银孔雀是怎么叫的呢?"

一刹那,四个人互相看了一眼。然后,露出了一种非常为难的表情,摇了摇头。第四层的公主嘟囔了一句:

"不知道啊。还没有见到过。"

"那是当然了,根本就不可能有那样的孔雀嘛!"

听织布匠这么一说,第三层的公主飞快地说:

"有!真的有!那是孔雀的王子!我们每天都在等待着银孔雀的到来。"

说完,就把两只小手交叉到一起,出神地眺望起窗外来了。

看着她那个样子,织布匠突然冒出来一个奇异的想法:也许说不定,这些人是孔雀吧——不会是悄悄地活在这片原始森林深处的孔雀的化身吧?

当织布匠还是一个孩子的时候,他曾经听人讲起过,一到夜里,孔雀就会变成人的模样的传说。孔雀是高贵的鸟,是鸟中的贵族。

所以，如果雌孔雀变成人的模样，或许就会变成这样的公主吧……这么一想，再凝神看去，公主们的身上就有一种说不出的神秘感了。稍稍歪过头，或是沙沙地甩动长发的时候，四下里就会飘荡起一股谜一般的香木的香味。还有，她们那睁得大大的眼睛里，有时一闪，会映出鸟的影子。

"你们的爸爸妈妈呢？"

织布匠轻声问道。

四个人一齐摇了摇头。

"那么，别的人呢？也就是说，什么家臣啊，仆人啊……"

公主们异口同声地说：

"现在，只有老仆一个人。"

（那么说，这座塔里只有四位公主和那个老人，没有别人了。啊啊，一定是正在走向灭亡的孔雀啊……）

为了复兴正在走向灭亡的王国，那个忠诚的老仆也许想先要竖起一面旗子。

（原来如此。让塔顶上飘扬起孔雀的旗子，也许是要召集志同道合的同伴。）

一直到今天为止，除了织布以外从未分过心的织布匠的心中，涌起了一个又一个的疑问。天真烂漫的公主们，围在织布匠的身边，一边晃晃悠悠地摇晃着耳环，一边热烈地说起了有关银孔雀的话题。

"说我们的爸爸妈妈，突然就不知去向了。对了，准是银孔雀的缘故。"

"就是。说因为银孔雀实在是太美丽了，只要看上一眼，就无论如何也要跟在它后头飞走了。"

"所以说爸爸妈妈才会把正在孵的四个蛋忘得一干二净,飞走了。"

"说别的孔雀也全都跟在它后头飞走了。"

"是。说就像候鸟似的飞走了。"

简直就像摇响了玻璃铃似的,四个人的话停不住了。于是……后来……是的是的,后来……就这样,说个没完没了。

织布匠头昏了,他用两手垫在额头上,趴到了织布机上。

"喂喂,织布匠!"

公主们齐声地呼唤起他来。

"我们也想见银孔雀,而且也想去远方。"

"所以啊,在塔顶上竖一面银孔雀的旗子吧!"

"那样的话,银孔雀准会来接我们。"

奇妙的是,渐渐地,连织布匠自己也变得想见银孔雀了。至少,是在织出来的布上描绘一只开屏的银孔雀。

然而,这时他记起了与老人的约定,织布匠猛烈地晃了晃头,嘟囔道:

"不不,那可不行!"

不久,天空就发白了。

于是,公主们的话突然就停止了。然后,用慌乱的眼神朝四周不安地扫了一圈,连声招呼也不打,就冲出了房间。织布匠还愣在那里,公主们已经冲下楼梯,像是返回了各自的房间。

结果织布匠这一个晚上活儿也没有干成,觉也没有睡成。

织布匠一脸的疲惫,靠到了窗户上,无意中朝窗户下边看了一眼。

下边第四层的窗户边上，不是停着一只绿色的雌孔雀吗？他探出身子一看，第三层的窗边也有一只，第二层的窗边也有一只，第一层的窗边也有一只……而最下边的地面上，是一只上了岁数、羽毛稀稀落落的雄孔雀，正摇晃着长长的尾巴，用炯炯有神的眼睛，目不转睛地仰望着天空。织布匠吃了一惊，离开了窗户。

那天夜里，那个男人像往常一样送饭来了。看着那个盘子，织布匠想：

（这不就是孔雀吃的东西吗？）

这么一想，他就不能不产生了一种感觉，好像到今天为止连想都没想就吃下去的东西，有了一种不可思议的味道似的。

（吃了这样的东西，而且又是那么少的量，竟能活到今天呢！）

也许说不定，自己的身体不知什么时候被施了魔法了吧？织布匠想。

每次来送饭的时候，老人都会瞅一眼织布机上的布，他是在确认织布匠那一天的工作。脸上的表情，俨然是一个严厉的监工。看上去，像是在专心地确认渐渐织出来的孔雀的颜色是不是绿色的。而且，时不时地还会叮嘱一句：

"孔雀的颜色，是绿色的哟！"

这天，织布匠轻声地试着问道：

"别的颜色不行吗？"

"你说别、别的颜色！"

老人一脸惊愕的表情，然后就铁青着脸，手腕瑟瑟地抖动着，朝着织布匠的身边逼了过来：

"有、有别的颜色的孔雀吗？"

织布匠没吱声，过了好一阵子，才小声地自言自语似的说：

"比如说银色的。"

"……"

老人目瞪口呆地直勾勾地看着织布匠的脸，好半天，那满是皱纹的喉咙才"咕嘟"响了一声，呻吟似的说：

"那是幻影啊！"

他接着说：

"其实根本就没有什么银孔雀。那不过是和云、彩虹一样的东西。是由于太阳和月亮的原因，在遥远的天空上闪现了一下，立刻就消失了的幻影啊。可大家全都去追赶那样的东西去了，就只剩下了四位公主……而公主们又开始向往起银孔雀来了。啊啊，绿孔雀的王国已经走向灭亡了……"

男人用两手捂住头，蹲到了地上。

"啊啊，啊啊，就要灭亡了。"

织布匠可怜起他来了，蹲到了老人的边上，安慰似的小声说道：

"可是您一个人，不是已经努力到今天了吗？"

老人筋疲力尽地点了点头。反正什么都被人知道了，现在再怎么惊惶失措也是没有用了。

"啊啊……"

老人喘息着回答道：

"我想在这里重现过去那个美丽的王国。无数的绿孔雀在这里过着和平的日子。啊啊,放着那样恬静的日子不过,究竟是向往什么样的生活,全都飞走了呢……

"为了把那些飞到遥远的地方去了的绿孔雀召回来,我才想到要站在高高的塔顶上,升起一面王国的旗子。而这,怎么也要借助人的力量,所以我才去村子里叫人的。一家一家兜过来,木匠呀,石匠呀……"

"于是,织布匠您就选中了我。"

老人点点头。

"是啊!拜托你了。要保证在旗子上织出的是绿孔雀!"

这时,老人的一张脸非常可怕。织布匠的脊梁上突然划过一道寒气。如果违约了,这个男人决不会饶过自己的吧?而且,再也回不去村子了吧?再也看不见弟弟的脸了吧……

男人似乎看懂了织布匠的心似的,说:

"我一直都是王族的魔法师啊!"

"魔法师?"

"是的。就连活着的东西的形状,我也能抹掉!"

可这不过是一眨眼的工夫。男人马上又换上了一副安详的面容。

"啊,这不过是说如果你违约了,织了什么银孔雀的话。要是你照约定织完了绿孔雀,我会给你带上许多的礼物,把你送回到村子里去的。"

听到这里,织布匠稍稍放心了。

(可不!不这样,我可受不了呀!)

织布匠有点害怕了。他想:如果是这样的话,那么即使是织错了，也不能织成银孔雀。当老人看清楚了挂在织布机上的线是绿色的之后，一脸放心的表情，走出了房间。织布匠又静静地开始干起活儿来。

可是，还没过去一个小时，那四位公主就又一拥而入了。公主们像昨天晚上一样，凑到织布匠的身边，朝布上看去。可四个人马上就噘起嘴，不满地问道：

"银孔雀呢？"

"……"

"喂，银孔雀还没织好吗？"

被这么一问，织布匠的心就变得像枯萎了的花一样。他耷拉着脑袋，含糊地应了一声，心一点点地疼了起来。

四位公主每天晚上都会来嚷上一阵子。有时，还会带来一大堆熟透了的芒果，劝织布匠吃。

"我哪有工夫吃那玩意儿啊，正忙着哪。"

织布匠这么一说，公主们哈哈地笑了起来，轮流剥开芒果的皮，送到织布匠的嘴巴里。然后，又在他耳边说起银孔雀的话来了。

一说起银孔雀来，四个人的眼睛里就都充满了一种向往。看着那一双双眼睛，织布匠的心里就有一种说不出来的憋闷。

很快，织布匠就有了这样的想法：

自己干脆变成银孔雀算了——如果自己能变成那样一只威风凛凛的鸟，就是抛弃了人的生活也行。

不知从什么时候起，是的，连织布匠自己都没有察觉，他已经喜欢上四位公主了。也不是说特别喜欢四个人里的哪一个，只不过是被四位公主围在中间，织布匠就有了一种坐在芬芳的花园里的感觉，心都会颤抖起来。一听到那活泼的笑声，就心神不定地工作不下去了。而且，他不止一次认真地想：要是自己变成了她们那么向往的银孔雀的话……

然而，这样的愿望是不可能实现的。织布匠闭上眼睛，摇了摇头，想抖掉这个无聊的梦似的。公主们轮流在他耳边喃喃细语：

"喂，求你了，织银孔雀吧！你不用怕老仆呀！"

"是的呀。只要让银孔雀的旗子在塔顶上飘扬起来，真的银孔雀就会来接我们了！"

"那样的话，这回老仆也不会无动于衷了啊！"

"会和我们一起飞走了！丢下这片森林，大家一起飞到那个辽阔辉煌的国度去吧！"

辽阔辉煌的国度——

一听到这个词，织布匠的胸就膨胀起来了。啊啊，自己也曾有过那样的幻想啊。和弟弟一起去海边，躺在沙滩上的时候，就曾想过丢下这个小岛，去海对面那个不知道的国度……

于是这时候，织布匠突然想到了一个好主意。

在一块布上，同时织上绿孔雀和银孔雀。织布匠想到的，是没有相当手艺的手艺人根本就不可能完成的工作。

也就是说，反面用银色的线来织，正面用绿色的线来织。这样，织好了的那块布的图案，如果从正面看是绿色的，从反面看则是银色的。然后，只给老人看正面的孔雀，再翻过来，给公主们看银孔雀。想到了这个既能救自己的命，又能实现可爱的公主们的愿望的方法，织布匠的心里好受多了。

"喂！"

织布匠冲公主们搭话道：

"怎么样？从今天开始，我就要在这里为你们织银孔雀了，不过我们说好了，没有完工之前，希望你们不要来看我干活儿了。你们在边上盯着看，我没办法集中精神。"

公主们默默地面面相觑了一会儿，齐声问道：

"真的？"

"真的能织出银孔雀来？"

"肯定是银孔雀？"

"不会错吧？"

"说好了啊。"

织布匠发自内心地果断回答道：

"啊，说好了，不会错的。"

从那天以后，织布匠就埋头苦干起来了。要在一块布上，同时在正面和反面织出不同颜色的孔雀，而且还要做到无论是从哪一面来看，都要像从正面看一样的精美——这是迄今为止，从未尝试过的难度极高的技法。即使是手艺高超的织布匠，也常常会织错了再改正，改正了再改正，进展非常缓慢。而不知不觉地，他就陷入到了一种入迷的状态之中。

织布匠的一颗心，慢慢地都倾注到了一只孔雀上，一只一个身体却拥有绿色和银色两个身影的美丽的鸟上……不，说真心话，织布匠的一颗心都倾注到了反面的那只孔雀上——那只摸索着织出来的银色的鸟上。

那就像是眼睛看不见的人，用心灵的眼睛做出来的东西一样。

那一根根描绘银孔雀形状的线上，都充满了织布匠的爱情和梦想。

老人每天晚上都来。

可织布机上的孔雀，不管什么时候看，全都是绿色的，除了展开的羽毛上散落着黑色和银色的圆形图案之外。老人就是连做梦也没有想到，那圆形图案所用的银线，一直连到了布的反面，正在秘密地织出银孔雀的身影。

"干劲真足啊！"

老人说。但织布匠没有应声。他整个身心都投入到了工作当中。

随着工作的进展，织布匠的脸色变得苍白起来。他愈来愈没有食欲，人也渐渐地瘦了下来。

不久，织布匠就不让老人再来送饭了。说是绿孔雀就要织好了，请放心，希望这段时间不要再来了。老人愉快地接受了织布匠的请求。

塔上第五层的织布机的声音，昼夜不停地响着，从不停歇……

这样过去了有多少天呢？一天晚上，织布机的声音"嘭"地中断了。

一瞬间，陷入到了一片死寂之中。

很快，四位公主就猛烈地敲起织布匠房间的门来了。

"织布匠！织布匠！"

"银孔雀织好了吗？"

"开开门行吗？"

"进来行吗？"

里面没有人回答。

四个人把耳朵贴到门上,又喊了起来:

"织布匠!织布匠!"

房间里鸦雀无声。

"织布匠一定是还在生气哪!"

第一层的公主说。

"不,织布匠睡着了。"

第二层的公主说。

第三层的公主害怕地嘀咕道:

"不不……说不定织布匠已经死了……"

四个人打了一个冷战,惨白的脸互相看着,然后,把门打开了一条细缝,朝里头望去,从她们的嘴里发出了尖叫:

"织布匠消失啦!"

里头没有织布匠。

连一个影子都没有。

可就算是逃走了,也太快了啊。织布机的声音停下来,也不过就是那么一两秒钟之内的事啊。

四位公主一冲进房间,就目不转睛地看起刚刚织好还挂在织布机上的布来了。

布上的孔雀,展开了美丽的绿色的羽毛。没有错,这正是王国的旗子。四位公主被那灿烂夺目的色彩迷住了,她们把布从织布机上取了下来,然后,无意中把布翻了过来,不由得睁大了眼睛。

上面是一只开屏的美丽的银孔雀。

那是一副多么高贵的样子啊!那冠冕,就犹如精美无比的工艺品。展开的羽毛的尖儿,就犹如雪白的浪花。而那双眼睛,是活的！黑亮黑亮的，目不转睛地凝视着远方。

公主们连呼吸都忘记了，用充满了向往的眼睛，盯着银孔雀。

"如果把这面旗子插到塔上，真的银孔雀就会来了。"

"哎哎，一定会来接我们的。"

四位公主拿着旗子，冲出第五层的房间，跑上了塔那漆黑的楼梯。

往上，再往上，是卷得像贝壳一样的螺旋状的楼梯。四位公主那轻盈的脚步，就像几片花瓣似的，连声音都没有，就爬到了塔的顶上。

那个老人远远地落在她们身后，蹒跚地往上爬去。

塔上悬挂着一轮黄色的满月。四位公主在塔顶上把旗子高高地竖了起来。

旗子在风中猎猎作响。

旗子上的绿孔雀面向西方，银孔雀面向东方。突然，东面的孔雀"布鸣"地叫了一声。千真万确，是那个织布匠的声音。

"哎哎？"

公主们互相对视了一眼。

"银孔雀叫了啊。"

"用织布匠的声音叫了啊。"

啊啊，不知道什么时候，织布匠的身体，还有灵魂，都被布里的银孔雀给吸进去了！

"织布匠！织布匠！"

公主们异口同声地试着叫道。于是，布里的银孔雀闪着光，"布鸣——布鸣——"地叫了起来。

银孔雀目不转睛地瞅着黑森林的远方，很快就张大嘴巴，唱起了这样的歌：

"银孔雀是大海的波浪。"

"什么？"
公主们吃惊地向远方望去。然后，她们就放声欢快地尖叫起来：
"有银孔雀啊！瞧啊，就在那边！"
四位公主手指的地方，是月光照耀下的远远的大海，闪烁着银色的光辉。

"银孔雀是大海的波浪。"

大海和着银孔雀的歌声，轻轻地摇晃着。那是织布匠的灵魂唤来的幻影呢，还是月光在恶作剧，让人看见了不可能看见的遥远的东方的大海呢……黎明的大海，像是大口地喘了一口气似的，涨了起来。
"瞧，来接我们啦！"
"是啊，银孔雀来接我们啦！"
"来啦！"
"来啦！"
四位公主"哗啦哗啦"地摘掉了耳环。然后，头发上的花一朵接一朵地落到了脚下，一眨眼的工夫，就变成了孔雀的模样，一只接一只地飞走了。

向着遥远的大海,向着那银色的波浪——

留在塔上的老人,呆呆地目送着那几个身影。随后就失望地垂下头,摇摇晃晃地走下塔来。

一只老迈的孔雀,"布鸣"地啼叫着,消失在了森林的深处。

那之后,一个多月过去了。

一个十岁左右的赤身裸体的少年,来到了这里。

"哥哥!哥哥!"

少年一边呼喊,一边在森林里转来转去。不久,他就在前头发现了一株大得惊人的榕树。

那树足有二十米粗吧,枝繁叶茂,就像一只巨鸟或是一头野兽一样。

这株树的树梢上,飘舞着一面奇怪的旗子。旗子的一面是绿色的,一面是银色的。不过上面究竟画着什么呢?因为实在是太高了,看不见。

旗子在风中摆动着,唱着歌:

"银孔雀是大海的波浪,
银孔雀是大海的波浪。"

绿蝶

喝了这东西的人,
大概就再也回不去了。
是的,
在这片不可思议的夏天的森林里,
成了蝶阿姨们的俘虏……

曾经有过这样的黄昏。

当夕阳映红了院子里松树的树干，它后头的杜鹃花丛看上去像火一样燃烧起来的时候，我看到一只大大的绿蝶，在花上翩翩起舞。

去年和前年，以及更早以前也是……

那只蝶的翅膀，简直就像天鹅绒一般绚丽闪亮，让人觉得抓住它的人，指尖立刻就会被染上绿色。

不过，去年和前年，我没能抓到这只蝶。蝶在院子里悠悠地飞来飞去，而最后总是消失在暮色之中。

我心跳得厉害，绷紧了身上所有的神经，去追那只蝶，追呀追呀，追得精疲力竭，等缓过神来的时候，昏暗的院子里只剩下傻傻的自己了。

这蝶，究竟是什么呢？

一个妖魅的生命。仿佛是夏天的预告似的，每年五月就会飞到院子里来，让我着迷得发狂，然后就那样消失了。

今天一定要抓住这只蝶！我的心怦怦地跳个不停。为了抓住它，我换上了轻巧的运动鞋，还准备了一个新的网子。

而此时此刻，我正踮起脚尖，朝着那绚丽闪亮的绿翅膀逼近，它正在红色的杜鹃花上全神贯注地吸着花蜜。蝶的呼吸和我的呼吸，已经完全合二为一了。连身边的绿色，也一起呼吸了。

没有风，没有鸟叫，没有任何一丝声响的黄昏——我感觉至少

是今天，我会如愿以偿！

然而，就在我以为"啊，我的白网子'啪'地一下扣到了蝶上面"的时候，蝶已经飞了起来。

轻盈地飞了起来，那么大，那么鲜艳夺目。

接着，就在这一刻，我出乎意料地听到了蝶的声音。

从网子下面闪身逃走的时候，蝶竟然笑了。那很像是女人活泼的笑声。哈、哈、哈、哈，蝶就是那种感觉地笑了。然后一边笑，一边往院子的深处飞去了。

我把网子扔在一边，就去追蝶了。从一片树荫到另外一片树荫，从一片花丛到另外一片花丛……

可我们家的院子，也不应该有这么大啊！跑上十五米，就应该撞到一堵旧石头围墙上了啊！围墙的对面，应该是一条大马路。

可今天是怎么一回事呢？我越跑，越觉得院子在变大了似的。我追着蝶，穿过一座玫瑰的拱门，竟然跑进了向日葵的花田。

身边的绿色渐渐地变浓、变深了。那已经不再是五月的院子，而是郁郁葱葱的夏天的森林了。

绿色的波涛深处，蝶不时地哈哈地笑着。就像是玻璃做的鸽笛一样的声音。蝶好像是藏到枝繁叶茂的榭树里头去了。

哈哈、哈哈、哈、哈、哈、哈……

侧耳倾听，那声音不是一只，听上去像是两三只蝶在一起笑。

我已经跑得精疲力竭，眼看着就要倒下来了，可手还是向树伸了过去。我屏住气，大致上判断了一下距离，就拢起双手突然朝绿蝶扑了过去……

啊，终于抓住啦！

我这么以为的时候，发现手里只是抓住了一片大榭树叶。

身边一下子变得鸦雀无声了。我一屁股坐到了榭树下面，环顾着这片自己误闯进来的不可思议的森林。

这时，我看苍苍莽莽的森林深处，什么东西吐着火红的火苗，在呲呲地燃烧。像是篝火。有人点着了火，正围在篝火边上笑着呢！

哈哈哈哈的笑声与欢快的喧哗声重叠到一起，听上去宛如优美的合唱。

蝶的声音！

我吃了一惊，弹簧似的站了起来，向那边走去。

昏暗的森林里，篝火"噼噼啪啪"地燃烧着。火边上，站着五六个身穿绿衣的女人。我惊讶得连呼吸都停止了，瞪圆了眼睛看着她们。

没错，就是那些一直在树丛中眼花缭乱地飞舞着的蝶们，黄昏降到了地面上，围着篝火在歇息。

我禁不住朝篝火边上跑去。

于是，一个女人把脸转向了我，然后，温柔地笑了。是一个比我妈妈稍稍年轻一点的女人。一个像曾经在电视上看到过的、唱歌剧的歌手感觉的女人。

那个唱歌剧的歌手拿着玻璃杯，用婉转悦耳的女高音歌唱着，而现在这些人的手里，也全都拿着玻璃杯。玻璃杯里，斟满了泛着泡沫的绿色的东西。给人的感觉，就仿佛是夏天被关到了玻璃杯里，在悄悄地呼吸着似的。

女人拿着玻璃杯的手，朝我这边伸了过来。喝吗？她用眼睛问。我的嗓子突然间干渴起来，不由得伸过手去。可就在我的手碰到她那透明的绿袖子的一刹那,啪啦啪啦,像花粉一样的粉落了下来。

我愣了一下,慌乱地摇着脑袋,粗鲁地喊道:

"我不要!"

喝了这东西的人,大概就再也回不去了。是的,在这片不可思议的夏天的森林里,成了蝶阿姨们的俘虏……

因为我一直在那里摇头,女人哈哈哈地笑了。于是,其他的人也一起跟着笑了起来。就像一摇响就停不下来的铃铛一样,永远笑了下去。

是那笑声唤来了风吧?从什么地方,"呼"地一下刮来了风。树立即就哗哗地摇撼开了,篝火一下子蹿起老高。

火红的火焰,足足膨胀了有两倍,眼看着就要把蝶阿姨们吞没了。

(呜啊啊……)

我一步一步地往后退去。然而,那冲天烈焰,实在是太红了,实在是太晃眼了……那火势,很快就要蔓延到整片森林了,我一边战栗,一边却被它的美丽所陶醉,动不了了。

当醒过来的时候,我正一个人在烤着篝火。火似乎是在红红地、静静地燃烧着。但是,既不热,也不暖。

那是开得烂漫的杜鹃花。

不知不觉中,我已经站在了天已大暗的院子里,站在了看惯了的火红火红的杜鹃花丛的前面。

第二天,给强风一吹,绝大部分的杜鹃花都凋落了。随后,四下里就溢满了夏天的气息。

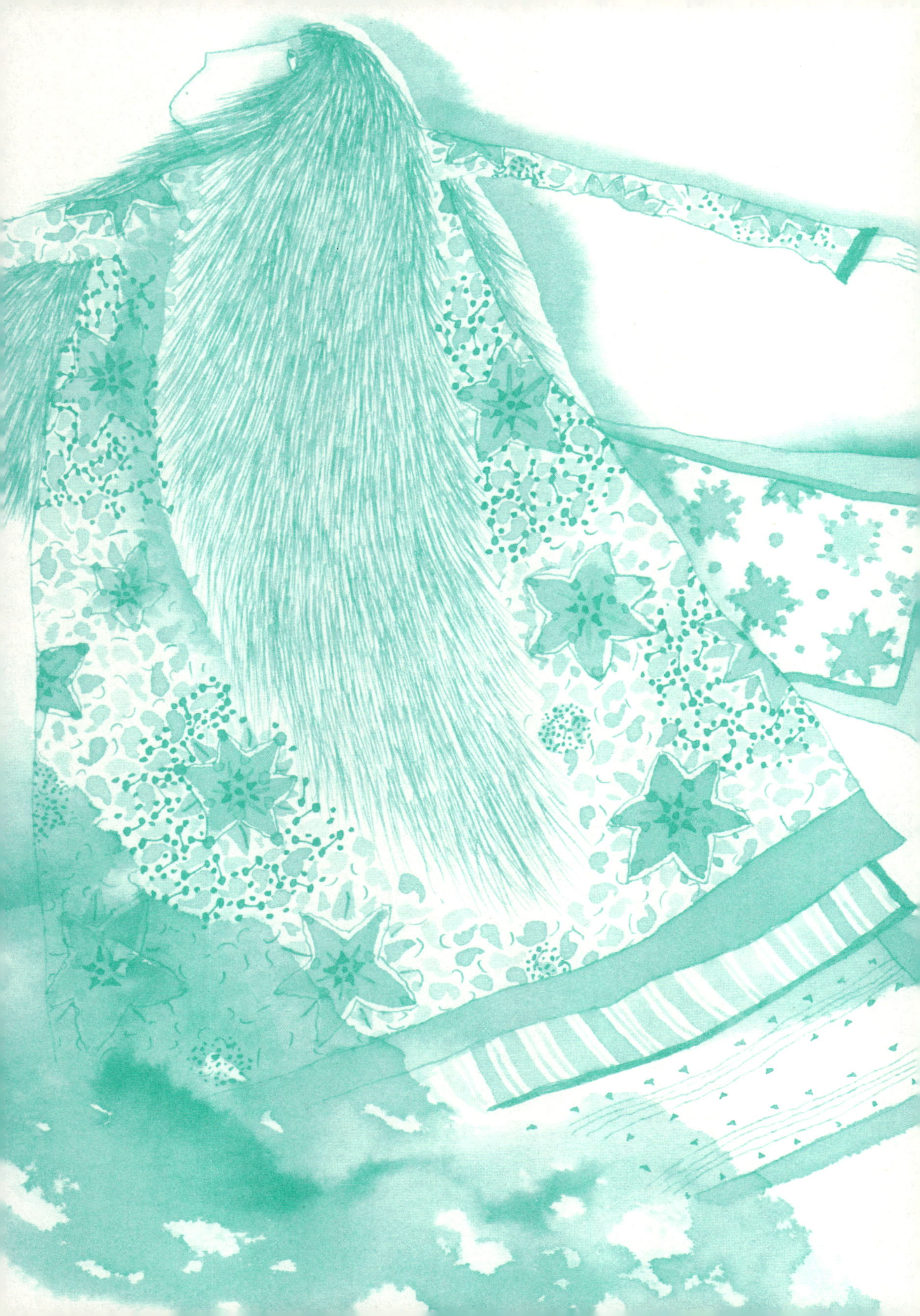

熊之火

松树的落叶熊熊燃烧,
升起一道白烟,高得几乎够得着天了。
就在这时,
一个魅幻般的情景突然浮现出来,
我在烟里清清楚楚地看到了我和女儿!

1

啊啊，对面来人了。小森想。虽然听不见声音和脚步声，但小森就是知道。黑暗中，豆粒大小的香烟头的火光一闪一闪地晃动着。

"哎——"

小森不由得挥起双手来。

在这深山老林里，有几天没撞见人了呢？和同伴们走失了（还不如说是被撇下不管了）以后，也分辨不出东南西北，就靠着沼泽里的水，摇摇晃晃地走到现在了。扭伤了的右脚重得像一块铅，加上又累又困，眼睛都看不大清楚了。不过，小森的眼睛，却清清楚楚地看见了那红红的香烟头的火。

（千真万确，是有谁来了。也许是在山里干活儿的人，要不就是林业局的巡夜人吧……啊啊，这下得救了！终于得救了……）

小森挣扎着想。于是，身子一下子软了下来，一屁股坐到了地上。

随着香烟头火光的接近，听得到对方的脚步声了。嗒、嗒、嗒，这强而有力的声音，就像是一个彪形大汉穿上了胶底短布袜的声音。是一个听上去舒畅的、让人有一种依赖感的声音。

（好像爹的脚步声啊！）

小森突然冒出了这样一种感觉。接着，就想起了数年前死去的父亲。父亲是一个又高又大的人。小森是兄弟中最小的一个，父亲最疼爱他了。

（是爹来救我了吗……）

正在那么恍恍惚惚地想着的时候，一个巨大的影子，蓦地出现在小森面前。

"晚上好！"

那人冷不防这样说道。声音听上去含混不清、怪怪的，也许是叼着香烟说话的缘故吧？小森刚要说晚上好，可借着星光仔细一看，不由得大吃一惊。

原来对方是一头熊。

巨熊用两条腿直挺挺地站着，像普通人一样叼着香烟。而且，熊还戴了一顶草帽。小森浑身直哆嗦。即使是想逃命，已经这么近了，也来不及了。

（有了，装死！装死装死！）

小森在熊的面前，笨拙地一头倒了下来。然后，闭上眼睛，憋住了呼吸。不过，他却怎么也止不住身体的战栗。

于是，熊像雷鸣一般地笑了起来：

"哈哈哈哈！再怎么，也用不着摆出这么一个姿势啊……"

说完，熊就重重地坐到了小森的边上。

"……"

小森把眼睛睁开一条缝。从黑暗中，仿佛传递过来一种熊毛的暖意。而且，从那个巨大的身躯里，还散发出一股让人怀念的干草的味道。熊一边美滋滋地吐了一口烟，一边眺望着星星、哼着鼻歌。

小森稍稍放下心来，决定不再装死了。他慢慢地爬起来，用干巴巴的声音悄声问道：

"香烟好抽吗？"

他是想打一个招呼。于是，熊点点头，心情愉快地说：

"好抽啊！怎么样，你要不要也来一根？"

"真是不巧，我的烟丢了。"

"啊，什么时候？丢到哪里了？"

"呀……昨天还是前天呢？丢在那边的沼泽里了。"

"啊，那么，现在你打算到什么地方去呢？"

"什、什么地方？简单地说，我正在回家啊！可是，半道上迷路了。"

这个时候，不知为什么，小森已经把这头熊当成真的父亲了。而且，他有一种心情，想把自己心中的不满，全都发泄给熊听。小森嘟嘟囔囔地说了起来：

"说是说迷路了，实际上被同伴们给撇下不管了。因为我的脚扭伤了，落在了后头。一开始，大家对我还挺亲切的，为我贴膏药，让我搭在他们肩膀上。可后来天一黑，稀稀落落地下起雨来的时候，大家的脚步自然就加快了，我终于追不上了。不管我怎么叫，他们连头也不回啦……

"不知是谁说了，明天是星期一，不上班不行！

"这叫什么话啊，人真是冷漠无情。说到底人还是只想着自己啊！"

熊嗯嗯地点头。

"说起来，熊的世界要更有人情味吧？"

小森又补充了一句，他是想讨好熊。然而，熊却猛烈地晃了晃脑袋：

"没——有的事！我们的世界，也是一样啊。"

"是吗?"

"啊啊,是啊。"

话到这里,就切断了。

这头熊好像也有什么难言的苦衷似的。熊叹了一口气,嘟囔了一句:

"呀,不是常说吗,什么'弱肉强食'!"

"的确如此。"

一边附和了一句,小森一边想,可这么一头巨熊,会败给什么呢?于是,这回熊说了起来:

"简单地说吧,在熊的世界里,就连挖一个冬眠的洞穴,也要激烈竞争。大家都动脑筋想先找一个好地方,而且冬眠之前,必须要吃下大量的东西,这也要竞争。一旦竞争激烈起来,就要开始互相残杀了。那样的话,也就没有什么朋友和亲戚了。"

"可你那么一个庞然大物,不会败给别的熊吧?"

熊眼睛看着地面,咕哝了一句:

"要是我一个,怎么都好办,可我还有一个小女儿呀!"

"哎,女儿……"

"是的,也是扭伤了脚啊。"

听了这话,小森彻底同情起熊来了。

"哦,这就不行了。这种地方腿要是不好使了,想干什么也干不了啦。"

"可不!那是好些年前的秋天的事了。"

"呼——"熊冲着遥远的星星,喷了一口烟雾。

"风已经变得相当寒冷了,可是我们还没有做好冬眠的准备。洞穴没有预备好不说,肚子里也是空空的。那一年,雨水特别多,山里的果子和树的果实还没有成熟,就绝大多数都烂掉了。就那么一点食物,都被熊们给吃光了。

"饿着肚子,我们父女俩并排坐在纷纷扬扬地飘着小雪的林子里。这时,女儿咕哝了一句:

"'——爹爹,想去一个远远的地方哪!想去一个一年到头开着花、一年到头有花楸树红果子的地方哪——'

"听到这话,不中用的父亲都要掉眼泪了。

"——是啊,要是真的能去那样的地方就好了——

"熊这种东西,这种时候,就会不顾一切地冲到村庄里吃田里的庄稼、家畜,有时说不定还会吃人。不过,我害怕枪。我一想到要是被那家伙'砰'的一枪打中了,往后小女儿可怎么办呢,就不能去了。

"一天,我在林子里用落叶点起了一堆篝火,一边想着红彤彤的花楸树果子、红彤彤的野草莓、红彤彤的石榴,一边盯着火。

"松树的落叶熊熊燃烧,升起一道白烟,高得几乎够得着天了。就在这时,一个魅幻般的情景突然浮现出来,我在烟里清清楚楚地看到了我和女儿!

"烟里是春天的野山,一片新草的颜色。再仔细一看,这不全是我们最喜欢的甘草、款冬、观音莲吗?而且再远一点的地方,还开着山樱。女儿兴奋地高声叫了起来:

"'——爹爹,去那里哟!'

"我闭上眼睛,'不行不行'地叫着。又冷又饿,两个人不能就这么一直看着幻影吧?然而,就在我闭着眼睛的工夫,女儿已经拖着不听使唤的腿,跳到烟里头去啦!而且,还在那幻影的绿色中'来呀来呀'地叫我哪。危险!我叫着,想把女儿拉回来,可结果自己也跳到了烟里。不过是一眨眼的事情。

"怎么样了呢？缓过神来一看，我这不是已经坐到绿草地上了吗……

"明明跳到了火里，可不但没被烫伤，也不觉得热。而且，烟的世界里怎么会那么辽阔、心情愉快呢！走啊走啊，春天的野山连绵不断，到处都是让人流口水的蚂蚁窝、蜜蜂窝。小河里还有鱼在游。我和女儿狼吞虎咽地吃了起来。吃啊吃啊，吃得肚子都快要撑破了，可喘了一口气的时候，后背突然哆嗦了一下，这才发现，我们还仍然坐在风雪交加的林子里。两手伸向燃尽了的篝火，又变回了凄惨的没有洞冬眠的熊。火一灭，梦幻就结束了。

"'——爹爹，把火再烧大一点哟——'女儿一边颤抖，一边说，'再往火里多放点树叶，烧一堆永远也不熄灭的火吧！然后，我们就一直待在里面吧——'

"我也想那么做啊，如果篝火能永远燃烧下去，我真想一辈子就无忧无虑地待在里头。可是，我知道火是多么的脆弱。就说山火吧，烧上三天也就灭了啊。我把女儿抱过来，把道理讲给她听。想不到女儿眼珠一转，说：

"'——那么爹爹，我们就去山顶吧——'

"女儿手指的山顶的火山口上，有一道白烟笔直地升上天空。

"'——哪，爹爹，那里烟从来也没有灭过吧——'

"这意想不到的话，让我的脑袋蒙掉了。想了一会儿，那倒也是。这山，一百年前曾经是火山啊！

"火山口的烟里头，说不定也是像刚才一样的乐园呢……

"我像烧昏了头似的胡思乱想着。这时，小时候我爹唱过的一首歌，突然出现在了我的脑海里。那是这样的一首歌：

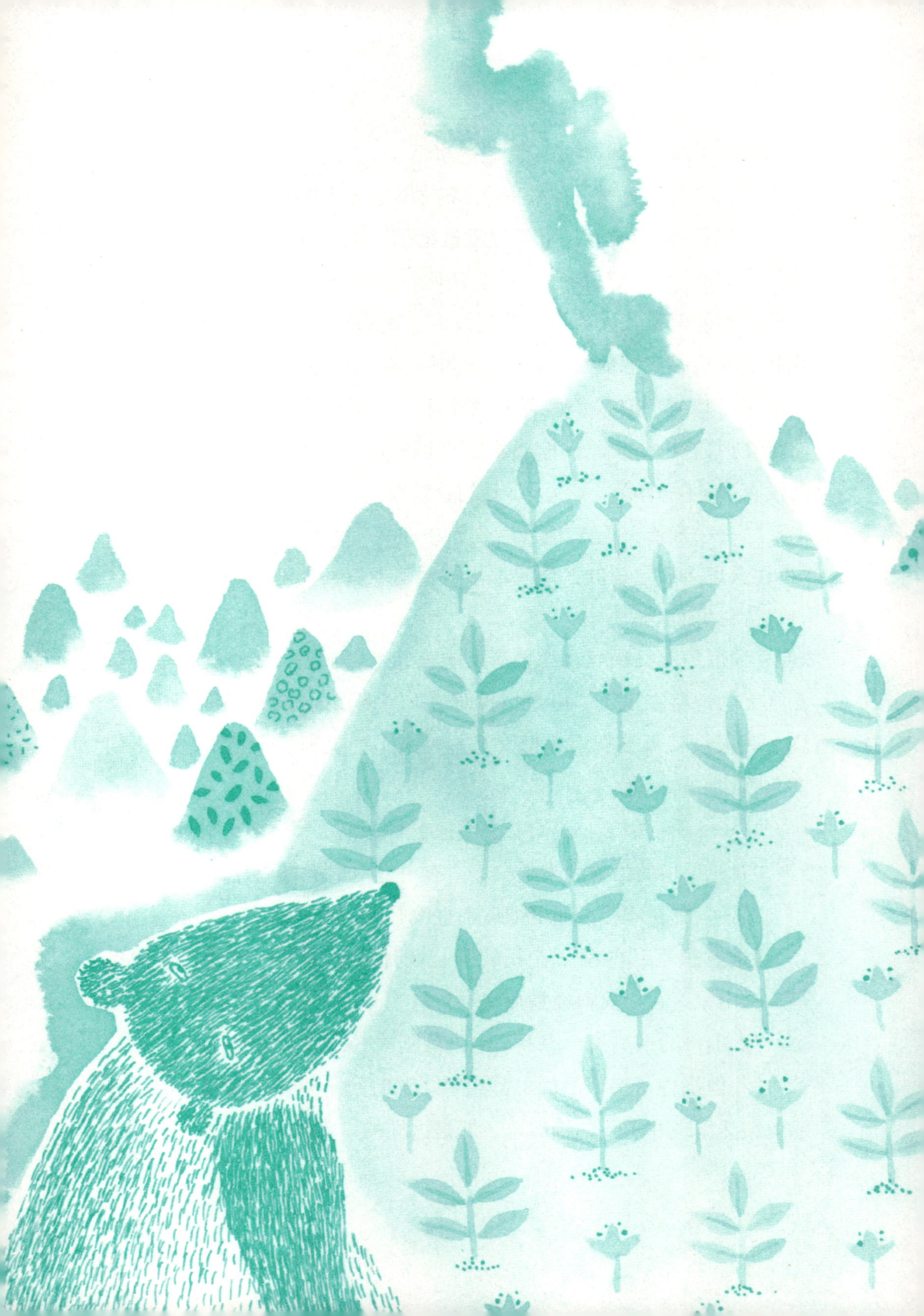

"火里有熊的乐园,
发现了它的家伙是个幸运儿,
如果是不灭的火那就更不得了,
能进去的家伙是幸运儿,
不过再也不能回来了。

"我抱着孩子,猛地站了起来。然后让女儿骑到脖子上,就往山上爬去了。顺着开始嗖嗖地刮起西北风的小道,往山顶、往火山口的烟走去……"

熊说到这里,喘了口气。

小森不知不觉地被熊的故事吸引住了。

"后来呢?火山口里果真有熊的乐园吗?有和篝火里一样的春天的野山吗?"

熊一个劲儿地点头:

"有啊!那是一片富饶美丽的森林。女儿和我钻了进去,已经住了很长时间了。从那以后过去几年了呢,我都老了,女儿也到了该出嫁的年龄。现在呀,我们已经完完全全地成了烟的世界里的生命啦!"

"嘿,这么说,今天晚上你也是从烟里头来的?"

"是的,最近每天晚上都是。因为有不得不外出的事,所以我一直在这一带转来转去。"

"可是,能自由地出入烟的国度吗?刚才的那首歌不是说,一旦进去了,最后就出不来了吗……"

"香烟。"

熊干脆地说。

"只要我吸着烟,我就能像普通的熊一样,在山里转来转去。也就是说,只有在被烟包裹着的时间里,才能待在普通的熊的地方。"

"是这样啊。不过,你究竟有什么事,要待在这里呢?待在火山口的烟里头,不是可以和女儿过着悠闲的生活吗?"

于是,熊久久地凝视着小森,这样说道:

"我们需要一个像你这样善解人意的年轻人。"

小森呆呆地张大了嘴巴。于是,熊突然说出了这样的话:

"我说小伙子,来当我的儿子吧。"

"……"

"一起去火山口的烟的国度,和我们一起生活吧!"

小森呆若木鸡。

"可我是人,你们是熊啊……"

"外貌不一样,不是问题。那种事,总有办法的。"

熊说完,不知从哪里掏出一盒香烟。

"怎么样,来一根?"

熊说。黑暗中,看不大清楚香烟的牌子。小森连想也没想就伸过手去,从烟盒里抽了一根白色的香烟。熊弯下身子,把自己香烟的火借给了小森。

红色的火点一下变成了两个,那股升腾起来的香烟的味道,让小森感觉亲切极了。于是,也就不管它是什么熊的香烟、熊的火了,使劲儿地吸了起来。

就这样,当抽起一根熊的香烟的时候——也就是说,当他从鼻子里喷出一股白色的烟的那一刻,小森的外貌已经变成了熊。

"走吧!"

熊老爹直起身子。

天空上流淌着银河。熊在前头急匆匆地走了起来。变成了熊的小森,也慢吞吞地直起身子,跟在后头走去。

一边往山上爬,熊老爹一边用好听的声音唱起了火中乐园的歌。小森也在后头轻轻地哼了起来。心情好得不可思议。

虽然扭伤了的右脚还有点疼,但一边被秋天的夜风吹着,一边抽着烟,那就甭提有多么惬意了。

2

成了熊的小森,和熊老爹一起爬到山顶上的时候,真的在火山口的烟里看到了闪耀着光辉的春天的森林。

"瞧呀,那里就是我们住的地方!"

熊老爹一边吐了一口烟,一边得意地用手一指。小森的眼睛也清清楚楚地看到了那魅幻一般的风景。又岂止是看到了呢,还闻到了娇媚的花香,听到了小鸟的叫声。而且,款冬、甘草、细竹的芽的味道,强烈地刺激着小森的胃。

"跟在我后头,进到里面去。"

说完,老爹一闪身就钻进了烟里,已经在绿色中冲他招手了。

小森大吸了一口气,闭上了眼睛。怎么搞的,他觉得像是跳到了跳绳的绳子里似的。

"大胆往前走!对了,快点往前走!"

和着老爹的声音，小森往前走去。于是，不知不觉中，自己也倏地进到了烟里头。这太简单了，一点也不费力。

"你好！"有谁说道。

一个温柔的声音。睁开眼一看，小森面前站着一个熊姑娘。头上插着红色的石楠花，看上去非常美丽。

"这就是我的女儿啊！"

熊老爹高兴地冲小森招呼道。

"刚到这里来的时候，还只是一个孩子啊，可现在就像你看到的一样，已经出落成一个大姑娘，该是招女婿的年龄了。我已经这么大岁数了，不知道能活到哪一天……"

小森正在那里发呆，老爹说：

"这就要拜托你了。"

于是，不知从什么地方拿出来一个旧土罐子和三个土烧的粗糙的容器：

"来，用珍藏的酒来干杯吧！"

一边说，一边重重地坐到了草地上。

（是这样……原来是这个原因啊……）

小森有了一种中了计的感觉，不过他并没有觉得有什么不好。他想，如果能住在这样心情舒畅的森林里，娶个媳妇，一辈子过上悠闲的日子，不回到人的社会里也没什么不好。小森又恨起那些撇下自己不管的同伴们来了，厌倦起村里消费合作社的会计工作来了。

（也许就那么打算盘、核对决算结果过一辈子，还不如当熊幸福呢！）

也许当小森这样想的时候，小森的心已经开始变成熊的心了。

就这样，变成了熊的小森，和媳妇在火山口的烟里过上了和睦的生活。

小森开始右脚还不大好，可是在媳妇的精心护理下，彻底好了起来。熊媳妇用艾蒿的叶子给小森做湿敷，他从来都不知道，艾蒿的叶子还是药。

"嚉，这效果太神奇了，叫人吃惊。"

小森钦佩极了。于是，熊媳妇开心地笑了，告诉他说，自己孩子的时候也扭伤过脚，用艾蒿湿敷了以后，就彻底好了。然后，一遍又一遍地说起住在这片烟的森林里有多舒适来了。

这里确实是一个乐园。天气总是那么暖和，不费任何力气，就能得到树芽、水果和鱼。更用不着担心饥饿、冬天的寒冷和意想不到的外敌。

日子恬静而甘甜地流逝着。

不久，媳妇就生了三头可爱的小熊。

小森每天不是和小熊们一起下河捉鱼，就是给媳妇编个花环，要不就陪老爹喝酒。

现在，老爹整天把自己埋在金雀花丛里。自从给女儿招来了女婿之后，彻底安心了，每天细细地品酒，享受着余生。而且只要一喝酒，就会唱起从前那首歌。歌的后头，跟着这样的话：

"住在烟里的熊，不仅仅是我们。很久以前就有过。像打架受伤了的熊、上了岁数没人理的熊，不是住在那边山里的烟中，就是住在海那边喷着火的小岛的烟里头。"

老爹就是躺着，也在不停地唱着歌。

不过，小森是什么时候从这首歌里听出了一种奇妙的寂寞的余音呢？特别是黄昏的时候，和被风刮得沙沙响的树叶的声音一起听，这首歌是那么让人郁闷、让人伤感。

从那天晚上开始，究竟有多少年过去了呢？扭伤了脚，只剩下一个人在黑夜的山里瞎转的小森，那时是那样地讨厌那个世界。所以，那天熊关于命运的话，才会刺痛他的心灵。于是，才会感到悠闲地生活在这样一片恬静的森林里，是多么幸福。

然而，一旦习惯了这种幸福，小森又渐渐地可怜起胆怯的自己来了。

不知从何时起，小森觉得自己的心里好像开了一个小洞，有空虚的风吹过。而且每当这个时候，他嘴里一定会这样自言自语：

"应该用别的方法弄吃的。"

熊媳妇在哄小熊睡觉，听了这话，脸上露出了惊讶的表情。小森在心中嘀咕道：

（是呀，想办法到外面走一趟。到外面去，像个男人的样子去战斗！归根结底，要去创业！挣钱，出人头地，超过别人……）

不知不觉地变成了人的心情的时候，小森那样想到。而当他变成了熊的心情时，又这样想：

（真想去奋力战斗，弄点新鲜的活物啊。不，哪怕只是吸上一口这个冬天来临之前的寒冷的山风也行啊！）

一天，熊小森对媳妇这样说：

"我想到外头去，弄点更好吃的东西，能去求老爹给我一根烟吗？"

听了这话，媳妇猛然摇头：

"父亲的烟可不行。父亲已经不抽了，为了不让别人用，早就藏到什么地方去了。"

"什么地方？到底是什么地方？"

"呀……不知道是什么地方。再说，那东西，对我们已经没有必要了。"

于是，小森压低声音，央求道：

"我只是想到外头吸一口新鲜的空气，马上就回来哟！"

"……"

"如果不那样，我都要憋死啦！"

听到这里，媳妇沉思了片刻，然后悄悄地告诉他：

"父亲把香烟装到了一个大木头箱子里，上了锁，放到了枕头边上。箱子的钥匙，在父亲的耳朵里。"

听到这里，小森想：怎么会有这么聪明的老爹呢！

从那以后，小森不管是睡着还是醒着，不断地想着那箱子和钥匙的事。然后有一天晚上，他想出来一个好主意，慢腾腾地爬了起来。

"我出去一下。"

小森给媳妇丢下这么一句话，就慢慢吞吞地走了起来，朝着老爹睡的金雀花丛走去——

月光泻在森林的小路上。

（干这种事，还真有点于心不安哪！）

小森觉得自己也够可悲的。

（结果连我也是只想着自己。）

熊老爹睡在黄色的金雀花的花丛里。酒喝多了，这会儿睡得正熟。小森在花丛外面试着叫道：

"爹爹！爹爹！"

只听老爹和着呼噜声问：

"谁？"

于是，小森像唱歌似的轻声说道：

"爹爹，爹爹，你从前的朋友想要见你，在烟的外头等着哪。"

只听老爹用睡得迷迷糊糊的声音说：

"说什么傻话哪！"

然后，这样嘟哝道：

"我哪有一个朋友呀！我倒了大霉，我是一头没有洞穴的熊啊！"

"那也许是你的兄弟。不，说不定是你过去的恋人呢！我刚才听到了，远远地，'老爹、老爹'地叫着。那确实是熊的声音。要不就是风声？大叶竹的歌声……"

小森说到这里，金雀花的花丛沙沙地一阵摇晃，老爹爬了起来，接着，猛地张开血红的醉眼，叫起来：

"不管是谁，我也不想见！事到如今，还有什么好说的。到底有什么事？让他回去吧！"

这时，老爹的耳朵里有什么东西在月光下闪烁了一下。

（啊，真的有钥匙！）

于是，小森鼓足了勇气说：

"那样的话，老爹，请把烟给我。我一边抽，一边到烟外头代替老爹去说吧！"

"好、好吧……"

老爹顺从地点了点头。于是，把自己的手伸进耳朵里，掏出一把金色的钥匙。接着钻进了花丛里。

"咔嗒咔嗒"，响起了开箱子的声音，当老爹的脸再探出来的时候，刚点上火的一根香烟，已经递到了小森的面前。

"给你！一边抽，一边去见吧！然后你替我说，这是我们一家好不容易才发现的乐园，赶紧回去！"

"……"

接香烟的时候，小森的手有些哆嗦。他还是头一次这样骗人。

（没事。只要能弄到好吃的，就会原谅我的。）

心里一边这样嘀咕着，熊小森一边在森林的小路上走了起来。

他一边用舌尖回味着久别的香烟的味道，一边恍如走在梦中的小路上似的走着。

3

怎么走、走到什么地方，才能走到烟的外面去，小森完全不知道。

等意识到的时候，小森正走在冷飕飕的寒山夜路上。月光把四下照得亮堂堂的，狗尾草的穗白晃晃地摇曳着。

"噢，已经是秋天啦！"

小森环顾四周。多么让人留念的秋天啊！草丛里有虫子在叫。

（下回，带孩子们来玩多好啊。）

小森这样想道。然后，当他要去捡落在脚边的栗子的时候，吃了一惊。

自己那映在小路上的黑黑的影子，是人的形状。是一个头发乱七八糟的男人的身影。

小森摸起自己的身体来，胸、手腕和脚，然后是后背、脸和头发——

从上到下，没错，是人的小森。是迷了路，在山里不知徘徊了多少天的年轻人、村消费合作社的职员小森。

（这、这太叫人吃惊了……）

小森一屁股坐到了小路上。一阵眩晕。

这时，远远地有谁在唤自己。

"喂——小森！"

"小——森！"

小森猛地扬起脸。只见远远的树林里，星星点点地晃动着红色的灯。传来了人的嘈杂声，好像有一大群人正在向这边走过来。

"喂，在那里抽烟的，不是小森吗？"

是一个朋友的耳熟的声音。

小森没吱声。太突然了，小森发不出声音来了。而且，小森不知道自己到底是人还是熊了，他就那么蹲着，不停地哆嗦着。

获救回到了村子里，小森还是恍恍惚惚的。

去上班也是心不在焉的，碰见人，连话都说不好。所以，村子里的人们完全不知道小森在这一个星期（怎么只过去了一个星期）里究竟干了什么。而且，小森也没有像在烟的世界里那样渴望挣钱、出人头地的精力了，仍旧还是与过去一样，又变成了一个只是蹲在那里打算盘的年轻人。

偶尔，小森会遥望着远山的烟想：

（为什么从那里出来了呢？）

然后，又"不不"地摇头，嘟哝道：

"还是我毕竟是人呢?"

小森怎么也忘不了熊一家的事。有时,心口会涌起一股阵痛般的思恋。说不出为什么,但是他知道,既然已经贸然离开了那里,恢复了人的形状,现在就再也不可能回去了。

这就像人不能和鱼一起住在海里一样,不能和鸟一起住在天上一样——

就这样,慢慢地过去了一年。

接下来这一年的秋天,到了大雁飞过天空的时候,不可思议的事情发生了。

深夜里,小森家的窗户响起了咚咚的敲窗声。

"晚上好!"

谁在叫?是一个耳熟的声音。小森慢慢地坐了起来,竖起了耳朵。

"晚上好……请把窗子打开一下好吗?"

小森吃了一惊,然后,连滚带爬地冲到了窗边,"嘎吱"一声打开了窗户。只见月光中,呆呆地立着一头熊。

熊头上插着石楠花。

"你、你……"

啊啊,她千真万确是那头熊媳妇啊!

"你……究竟是怎么到这里来的呢……"

小森的声音嘶哑了。

"一边烧山,一边来的。就是想来看你一眼。"

母熊一边这样说,一边指着身后的山。抬眼一看,小森"啊"地叫了起来。

熊指的那座山，从山顶到山脚，不，一道弯弯曲曲的火路，已经烧到了小森家的院子前头。就像一条火把的长龙，像一条鲜明的火河。

小森瞪圆了眼睛，倒吸了一口凉气，凝视着这道火舌。熊悲伤地说：

"到这火熄灭为止，我就必须回到山顶上去了。"

然后，母熊递给小森一根香烟。

"喂，请跟我回去吧！请抽着它再回去吧！"

小森用颤抖的手接过香烟，然后问道：

"老爹还好吧？"

熊点点头。

"孩子们还好吧？"

熊又点点头。

"是吗？那再好不过了……"

小森的心里乱极了，说不出是悲伤，还是内疚，耷拉着脑袋。接着，眼睛就那么看着地上。

"把院子里的柿子带去吧！"

他说：

"把田里的芋头、大葱带去吧！什么都行，全带去吧！"

一边这样说，小森一边下到田里，取来了好多好多的柿子、芋头和大葱，堆到了一个大筐里。这样干着的时候，他已经是泪流满面了。

熊背着筐回去了。

山火还在烧着。小森盯着那火，一个晚上没睡。

"再来呀……常来呀……"

他这样嘟哝着。

然而，这样的事情只有一次就结束了。

就是从那时开始，小森渐渐地和人说话了。这个不可思议的故事，小森逢人便说，一说起来就没完没了。

在山上迷路之后发生的事情，谁听了都觉得有意思，每天不断有新的人来听他讲。不过，没有一个人觉得他是在瞎编。

为什么呢？因为那天晚上母熊一边烧山一边来的那条道上，就像锁链一样，连绵不断地开满了迄今为止从未开过的天上之花。那一排红色的花，确实是从小森家的院子开始，一直蜿蜿蜒蜒地延伸到了山巅。

小森的故事讲到最后，必定是这样结束：

"熊送给我的香烟，我曾经狠下心来想抽过。但是它根本就不能用，就像从地里挖出来的很久很久以前的香烟似的，湿漉漉的，怎么也点不着。这样，对于我来说，那烟中的森林就成了我再也去不了的地方，绝对、绝对进不去的世界了。"

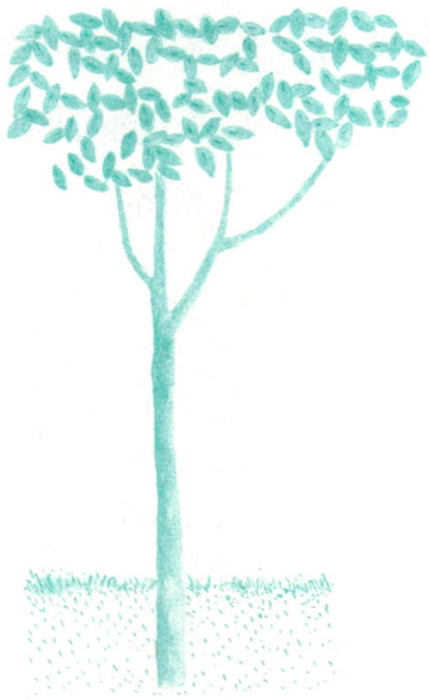

秋天的风铃

我那珍贵的玻璃风铃,在秋风中"丁零丁零"地响着。

一闭上眼睛,它就让我想起了星星闪闪烁烁时的声音。星星们一闪一闪地从天而降,一个接着一个,简直就仿佛是小小的银色的花瓣……

不久,那声音就变成了少女的笑声,玻璃球裂开了似的清脆的笑声——

> 你家的风铃太吵了，吵得人夜里都睡不着觉。
>
> 我们已经有很长时间睡眠不足了。
>
> 忍了一个夏天了。不过，请早一点收进去好吗？

一天，这样一张明信片，投到了我的房间里。是用蓝墨水写的细细的字，没有寄信人的名字。

我大吃一惊。

（风铃太吵了？）

这我从来也没有想到过。说那个与其说让我每天听着悦耳，不如说如果没有它我一天都过不下去的房檐的风铃的声音太吵了。说有人因为介意它的声音而睡不着……

（到底是谁呢？）

一瞬间，我屏住呼吸，竖起耳朵，整个身心地回忆起附近邻人们的脸来了。

我住在一座名叫槭树庄的旧公寓的一楼，是一个独身的穷画家。如果说没有音响、没有电视机的我，唯一的欢乐就是这个玻璃风铃的话，你会嘲笑我吧？不过，这既不是谎话，也不是夸张。它是我珍贵回忆的东西。

　　只要把它挂在窗户边上，我就觉得幸福，就能静下一颗心来集中精力画画。还有，也许是精神作用吧，自从这个初夏开始把它悬在房檐下以来，我突然就能画出漂亮的画来了，开始得到社会的一点承认了。所以说起来，它是一个带来好兆头的风铃呢！为什么要我把它收进去……我心生怨气，就那么盯着明信片看了一会儿。

　　"噢——是隔壁吧？"

　　我想。那细细的、神经质般的文字，让我想起了隔壁房间的那个脸色苍白的女人。这么说起来，昨天在走廊里碰上时，她一脸的不痛快呢！

（是这样啊，也许是因为风铃一直在生气吧？）

我不觉涌起了一丝对不起的感觉。不过，接下来的一个瞬间，我又想起了另外的事，猛地扬起脸。

（可隔壁的钢琴声，也太那个了！一大清早起，就乒乒乓乓地弹着同一首曲子。自己不住手，还对人家的风铃说三道四，也太荒谬了！）

我又慢慢地重读了一遍明信片。于是，目光落到了"我们已经有很长时间睡眠不足了"这一段上。主语是复数。

"这样的话，就不是隔壁了！隔壁是独身一个人啊。"

我突然变得毛骨悚然起来。好像有一伙陌生的人，互相挽着手臂，正在目不转睛地监视着我似的。这伙人现在正看着我吧，看着我这样一只手拿着明信片，思考着是不是应该把风铃收进去吧……

（也许是对面！）

我想。对面公寓的那位肥婆。那个常常会用尖锐的声音笑起来的人——不过，如果是那位太太，根本就不会写这样的明信片，如果有意见，直接就大声抗议了。

（那样的话，会不会是二楼呢？要不就是管理人吧？是谁让管理人写了这样一张明信片呢……）

这样东拉西扯地想着想着，我疲惫不堪了。而且，渐渐地一肚子火气了。

"如果有意见的话，光明正大地写上自己的名字寄过来不就行了！也用不着写这样卑怯的明信片啊！"

我凝望着风铃。我那珍贵的玻璃风铃，在秋风中"丁零丁零"地响着。

一闭上眼睛，它就让我想起了星星闪闪烁烁时的声音。星星们

一闪一闪地从天而降,一个接着一个,简直就仿佛是小小的银色的花瓣……不久,那声音就变成了少女的笑声,玻璃球裂开了似的清脆的笑声——

女孩子为什么总能那样天真、欢快地笑呢?我曾经奇怪地想。

(也许说不定,一个个心里都藏着铃铛吧?被风一吹,才会笑的吧?)

送给我风铃的这个少女,十二岁。是一个与淡桃红色衣裳非常相配的细细长长的高个子。是一个如果一起走在路上,话就滔滔不绝的女孩。我闭着嘴,只要像听小鸟的啁啾一样,听着她说就行了。

不过曾经有一回,少女突然就不说了,奔跑起来。

"哇,糟了!"

原来少女的帽子被风刮跑了。

系着细细的丝带的草帽,一直飘舞着,被刮到了春天的原野上。少女和我像追逃走的小鸟似的,跟在后头追了上去。跑啊跑啊,跑得浑身都散架子了,总算是抓到了帽子。这时,少女一屁股坐到了原野上,像木琴一样地笑开了。

后来,风一吹,少女想起了那时的情景,笑了起来。

"那时真好玩啊。"

"啊啊,真好玩啊。"

我也不由得跟着笑了起来。

在山村度过的那一个月,我的素描簿上,少女那天真烂漫的笑容,和各种各样的野花的画一起留了下来。

分手的时候,少女把这个小小的玻璃风铃送给了我。

"到了夏天,把它挂在窗户上呀。是我的回忆呀!"

说完了这样早熟的话，少女又咯咯地笑开了。

我好像把那笑声原封不动地装到了口袋里，坐上了火车。

初夏，我把风铃挂到了窗户上。

风铃立刻就让我记起了那孩子的笑声，让我记起了山里繁星缀天的星空、闪闪发亮的山溪和怒放的珍珠花。有过好几次了，我躺在床上，闭着眼，专心地听着那个声音，蓦地，一幅美丽无比的图画的构图就会浮现上来，我一骨碌就从床上爬了起来。

就这样，我彻底喜欢上风铃了，就那样一直挂到了秋天。

不，又何止如此呢？即使是收到了那张明信片以后，我也执意继续装出一副什么也不知道的面孔。

不过，那之后过去了十来天，发生了一件叫人大为震惊的事。

我房间小小的信箱，突然被邮件压得"扑通"一声掉了下来。我吓了一跳，到门边上一看，一捆和包裹差不多大小的明信片，和信箱一起跌到了地上。

（到、到底是怎么回事……）

我傻掉了，怅然若失地在那里站了一会儿。然后，把一捆明信片捡了起来，啪啪啪地一翻，一张不剩，全都是对我的风铃的抗议信。内容和上次那张差不多。而且一张不剩，仍然是匿名。

"真是让人吃惊啊……"

我坐下不动了。

（果然是邻居捆的！已经相当愤怒了……）

太太们一定是在一个我不知道的地方，开过会了。也许一张张气愤的脸凑到一起，偷偷地商量了好几个小时，最后一人写了一张明信片。

可是，我又想：

（即使是那样的话，笔迹也太相似了吧？）

是的。明信片上的字，不管是哪一个，都是像草蔓一样细细的钢笔字。盯住不放，它们一个个让人联想起植物的叶子。比如说，像什么金雀花啦，芦笋啦，不，还有更加纤细的蕨类。

（这样说起来，这也许是一个人写的。也许是一个字写得像植物似的女人，花了好几天才写出来的。）

想到这里，我终于想把风铃收起来了。既然有人这样讨厌我的风铃，一个人肯浪费这么多的明信片钱、时间和劳力，那也许是该我老老实实地退让了。

"好吧。虽然很遗憾，可我输了。"

我果断地把风铃摘了下来。

就这样，我把我那珍贵的山里的回忆，用手绢包起来，放到了桌子的抽屉里。

然后，平安无事地过去了一个星期。虽说我把风铃收起来了，但未必就有人来道一声谢谢，更不会寄来新的明信片了。而对于我来说，听不到风铃的日子，就仿佛沉到了水底似的，空虚极了。

风再怎么吹，少女也不笑了。

我好几次都在梦里梦见那孩子低着头，一脸凄凉地走向一个不知道的遥远的地方。原本画得很顺的画，也画不下去了，我好像连食欲都没有了。

（你们倒是轻松了，可我却要这样痛苦！）

我在内心里，憎恨起写那些明信片的人来了。那些因为没有了

风铃而可以呼呼大睡的人们！我好像听到了那些胖了、连血色都好起来了的人们得意扬扬的笑声。

不过有一天的早上，一切都水落石出了。

那是十月一个秋高气爽的日子。当我打开窗户的一刹那，我情不自禁地瞪大了眼睛。

我窗前那块杂草丛生的小小的空地上，开满了淡桃红色的花。

全部都是大波斯菊。就像奇迹一般，一个晚上就开出了这样一片娇弱的花海。我收起风铃恰好一个星期之后的早上！其实本应该更早一些、初秋时开放的花，到了今天才一齐开了出来。我愕然了。

"原来是这样啊……"

我嘟哝道。

（原来是这样啊！因为风铃，晚上睡不好，吸收不了养分，所以一直都没能开花啊！）

我一个人不住地点头。

"那些信，是你们写的啊。是这样啊，太对不起了……"

大波斯菊的花，什么地方长得有点像山里的少女。淡淡的桃红色、细细长长的高个子，风一吹，就摇啊摇啊地笑。

我的心里，不知不觉地温暖起来，不由得要落泪了。

怎么会有花写信这样的蠢事呢？有朋友嘲笑我。他说，那肯定是邻居什么人写的！

"是吗……"

我傻傻地笑着，不过，我还是觉得那是花儿们的抗议信。为什么呢？因为那明信片上的文字，越看，越像是大波斯菊的叶子。而且，那天早上开的花的数目，和投到我家里的明信片的数目，几乎一致。

火影的梦

然而这火炉,却千真万确,是那一百件里头的唯一一件真的东西。是我从岛上一个老女巫的手里半信半疑地买来的,可就是连我,也没有想到会是这么有意思的一个东西……

1

　　某个港口小镇，有一家小小的古董店。

　　这家门面窄、进深意想不到的深的店里头，乱七八糟地堆着陈旧而稀罕的东西。而在最里头光线暗淡的地方，像一件陈列品似的，一动不动地坐着这家店那上了年纪的主人。

　　他老早以前就是这样。偶尔，会有心血来潮的客人进到店里来看一眼，而坐在那里目不转睛地看着这些人，就是他的工作。那架势，与其说是迎接客人，还不如说是监视人家。其实，来古董店的客人也多半是逛着玩的，瞅瞅陈列品，随便地品评一番，最后必定是什么也不买就出去了。所以，长年干这个买卖，脸上自然而然地就变成了一副冷漠的表情，比起人来，更喜欢那些旧金属和陶器。

　　一点不错，这位老人就是这样一个人。说不出为什么，老人只要被包围在这些散发出霉味和尘土味，而且一个个似乎有什么来历的东西当中，心就会平静下来，就会有一种富足的感觉。这家店里千奇百怪的东西太多了，比如说什么好像是外国货船运来的大理石佛像啦，雕刻精美的壶啦，非常小的锡酒杯啦，镶嵌着贝壳的餐具啦，在海底沉睡了许久、已经长了绿锈的项链啦——

　　不过，像马上就要被拿到这家店里来的这样不可思议的东西，连老人也没见过。

"您好！有件事麻烦您老了。"

随着一声自来熟的招呼，来了这么一个客人。老人吓了一跳，抬头一看，那里站着一个红褐色头发的年轻男人。一眼就看出来了，是个船员。男人那张脸，看上去就像在附近的小酒馆刚喝了一杯似的，跟跟跄跄地朝店深处走过来。

"有一样东西想让您瞧瞧。"

男人说。古董店主就那么坐着，冷冰冰地说：

"我讨厌醉鬼！"

"我才没有醉呢！"

年轻男人往边上的圆椅子上一坐，从上衣的口袋里掏出一个小筒状的东西，放到了老人的桌子上。

"就是这个，这个。"

一个诡异的东西。老人以为只不过是一个黑漆漆的铁块。可用手拿起来细细一端详，这个筒的下方，有个像门又像窗的东西。

"这是火炉啊！就是从那儿往里头放燃料的啊！"

男人一副得意的样子。

"你说火炉？"老人脸上显出些许困惑，反问了一句。他想，这客人在说什么哪，世界上什么地方会有这么小的火炉呢？就算是小孩子的玩具吧，也太肮脏了。就算是装饰品吧，也太难看了。见老人困惑得说不出话来，船员开口说道：

"我说老爷子，一个小小的请求，把它在您这里寄存两三天，能借给我多少？"

"什么多少？"

"钱呀。"

"……"

老人用鱼一样的眼睛,死死地盯住了男人。

"你没走错店吗?"他说,"我们这里可不是当铺呀!"

"我知道哟!我找了好多家当铺了,可这个镇子上,就没一家让我看上眼的。"

"那也不能把古董店当成当铺吧?再说,用这东西怎么能借钱呢,比方说,要是有人说我要买它,我只能拒绝。"

听到这里,男人突然一脸严肃地盯住了老人,然后,嘟囔了一句:

"你说这东西?"

古董店主有点不寒而栗,支支吾吾地闭上嘴不响了。于是,船员从裤子口袋里掏出一个打火机,然后用手指捏住了那个小火炉的小炉眼:

"来试一下吧?燃料已经装好了。"

说完,"噗——"打火机里就冒出了蓝色的火苗,老人不由得蹦了起来:

(炸、炸、炸弹!救命啊!)

用发不出来的声音,老人在心里叫道。想快点逃开,可身后是墙壁。于是,船员咧开嘴得意地笑了起来:

"您慌什么哪?没有一点可怕的事情啊。不但不可怕,相反,美丽而快乐的事情不是马上就要开始了吗?"

接着,就把打火机的火凑到了火炉的炉眼上。火焰烧到了火炉的燃料上,红红的小火苗先是那么摇曳了一会儿,很快,就扑扑地痛快地燃烧起来。紧接着,眼看着就变成了一个红彤彤的铁块。因为店里光线暗淡，那颜色看上去就更加鲜艳了。不知不觉地，桌子上就像被火烧云照红了一般。

这时，在那明晃晃的桌子上，蓦地出现了一个不可思议的东西。

小小的人影。

一个烤着炉火、非常非常小的小人，像被聚光灯照亮了似的，一下子浮现了出来。定睛一看，那是一个还很年轻的姑娘。留着长长的黑头发，穿着蓝衣裳，仿佛一朵刚刚才绽放的睡莲的花似的，默默地坐在火炉的前面。姑娘的身边，有小鱼在游动。绿色的海草晃动着，给人一种恍若海底的感觉。

姑娘双手在火炉上烤了一会儿火，很快又在膝头铺上白布，做起针线活儿来了。正在用又细又亮的线，细心地锁着那块方布的边。那手势，灵巧得叫人吃惊。

古董店主就那么呆站着，连呼吸都忘记了，盯着桌子上。好半天，才用嘶哑的声音咕哝了一句：

"那、那究竟……是谁呀？"

于是，船员就那么一只手插在口袋里，这样说了起来：

"这姑娘，中了魔法，被囚禁在火炉的光里面了。知道吗？从前，是地中海还是北海了，曾经发生过大海啸，海边的小镇整个都被大海给吞没了。这在外国是一个有名的故事啊，都成为传说了。因为不管怎么说，到底是一个古老的港口小镇啊。传说这座小镇沉没到海里的时候，不知为什么，唯有那个姑娘突然被海里的妖孽救了一命，免遭一死，不过，那一刻却中了魔法，变成这样一个小人了。说是正好那天，姑娘正在自己的房间里烤火炉，也正是在这样地干着针线活儿。妖孽对姑娘连同火炉一起施了魔法，沉到了海底。

姑娘已经——是的，已经在海里沉睡了一百年还是两百年了，不知是什么机会，被人从水里捞了出来。只有在点燃火炉的时候，人眼才能看到。"

老人用疑惑的目光，锐利地盯着男人：

"可是，它怎么会从你的口袋里出来了呢？"

老人心想，说不定这个男人是个魔术师。一般的人，怎么会随随便便地把这样一个怪玩意儿揣在口袋里走路呢？不过，男人若无其事地这样回答道：

"当然，我买下它了。很久以前航海的时候，在地中海的一个小岛上买的。那里全是稀奇古怪的东西，古老的魔术道具什么的，多得要命。不过，一百件里头，九十九件都是骗人的东西。然而这火炉，却千真万确，是那一百件里头的唯一一件真的东西。是我从岛上一个老女巫的手里半信半疑地买来的，可就是连我，也没有想到会是这么有意思的一个东西……"

船员得意地笑了，但一边笑，那双眼睛还在机警地观察着对方心里的活动。然后，推了老人的胳膊肘一下，悄声说：

"看啊看啊，请再看下去，还有好玩的事情呢！"

目光移到桌子上，穿着蓝衣裳的小姑娘，把锁边的活儿中途停了下来，把那块白布铺到了地上。于是，看出来那是一块别致的桌布。姑娘在上面摆了两个碟子和两把匙。接着，是玻璃酒杯、银茶壶、两条餐巾……总之，开始准备起两个人的餐桌来了。噢，老人想，原来那里要来客人了吧？可突然之间，说不出为什么喜不自禁起来，老人觉得自己好像变成了客人，坐到了那张桌子面前。

桌子上的准备一完，姑娘从什么地方搬来一口大铁锅，放到了

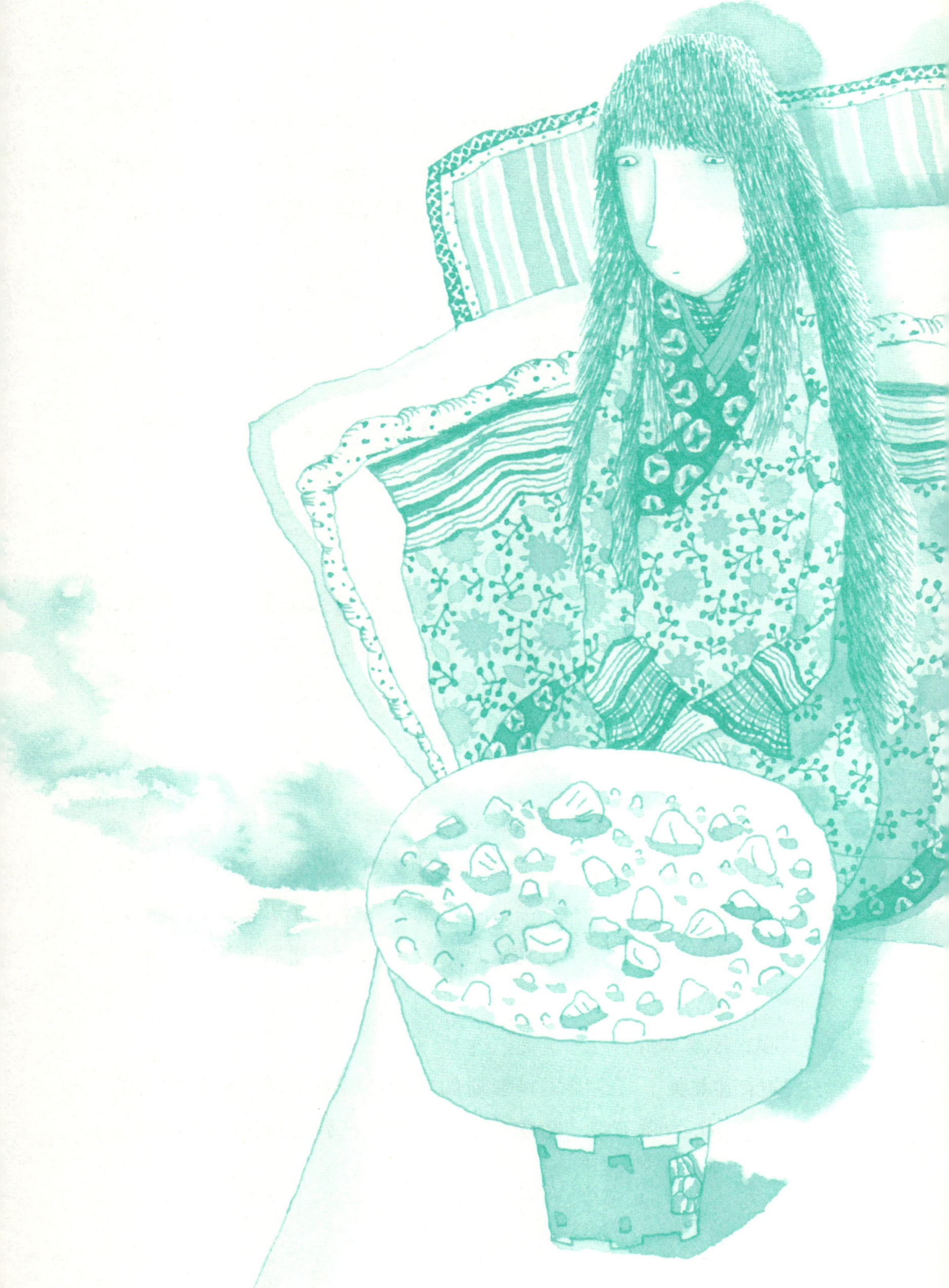

燃烧着的火炉上面。然后，在锅里烧起什么不可思议的料理来了。

嘿，一句话，就是鱼汤。新鲜的鱼呀贝呀，一个接一个地丢到锅里，咕嘟咕嘟地煮了一会儿，姑娘又手脚麻利地撒上盐和胡椒，调起味来。

"看上去挺好吃呢！"

船员在老人的耳边悄声说。

"啊……啊啊……"

老人发出了分不清是回答还是叹息的声音。然后，用沙哑的声音嘟哝道：

"可是，那样的东西真的能吃吗……"

"当然能吃了。不尝一口吗？"

说完，船员在店里扫了一圈，从边上的货架上取下来一把匙。一把精致的上等银匙，是这家店里夸耀的物品之一。他冷不防把匙伸到了小小的锅里头，舀了一匙汤，先尝起味道来了。接着，夸张地闭上了眼睛，晃了一下脑袋：

"这味道可太美了！"

他叫了起来。看得老人忍耐不住了，于是，从船员手里一把夺过匙，自己也学着他的样子，把匙伸进了小人的锅里。店里那么珍贵的物品被用来干这个了，那时候，老人为什么连想都没有想呢？老人小心翼翼地把一匙汤放到了自己的舌头上，然后就禁不住喊了起来：

"噢，原来如此！"

这味道太美了。这哪里是普通的鱼汤！哪里也没有这样鲜美的料理吧？老人的嗓子眼"咕嘟"响了一声，把匙又伸进了锅里的汤里。然后他想，这不像是小人的料理。如果不是小人的料理的话，不是可以喝个够吗？可是对于人来说，就是把这一锅汤都喝干了，充其量也不过就是半杯的量啊。

老人细细地品味着第二匙汤的时候，船员眼里闪出狡黠的光，开口这样说道：

"老爷子，怎么样？这火炉在你这里寄存两三天，借我点钱行吗？"

老人眼睛睁得老大，沉默了片刻，叫道：

"行啊！"

那双眼睛，像烧昏了头的人似的，又红又湿。老人急急忙忙地打开抽屉，从里头拿出一沓纸币，连数也没数就交给了船员。船员掩饰不住一脸的喜悦，一把就接了过来，藏到了贴身的口袋里。然后，飞快地说：

"后天的傍晚，一定还给我啊！我要用这些钱做本钱，去玩纸牌，好好挣上一大笔钱回来。老爷子，到那时为止，您就好好享受这火炉吧！"

"啊、啊啊……"

古董店主轻轻地点了点头。于是，船员这样说：

"不过，那汤喝多了，可不行哟！至多，也就是五六匙。要是一锅都喝进去了，那可就糟糕啦！"

"什么叫糟糕啦？"

"也就是说，脑袋不正常了，到最后'砰'地倒下来，去了那个世界。"

"那可不得了。"

老人呻吟般地咕哝道。

"怎么说呢，不知道是不是真的，我也没有试过。不过，不管怎么说，就是不要喝多了。好吗？请千万小心啊！还有一件事，就是如果火熄灭了，这火炉就又变成原来的废铁一块了。那姑娘，还有那好喝的汤也都消失了。"

"那么，要是想再点燃一次火炉时，怎么办呢？"

"这点最重要了。"

说完，船员像个魔术师似的，来了一个夸张的动作，"啪"地拍了拍手。然后，轻声地耳语道：

"您听好了，要小心的，就是燃料哟！燃料！我买下这个火炉的时候，岛上的老婆子千叮咛万嘱咐，要干海草和大海的沙子各一半，混合起来使用。别的燃料，没有效果。"

"干海草和大海的沙子各一半……"

老人闭上眼睛，像背诵似的重复了一遍。然后，当他睁开眼睛的时候，怎么这么快呢？船员的身姿已经从眼前消失了，连个影子都没有了。

2

后来，古董店主，就好像走火入魔的人一样，成了这个小小的铁火炉的俘虏。那之后老人立刻就去了海边，取了满满一袋子沙子。然后回来的路上，又顺道去了趟渔民的家里，买了满满一袋子干海草，回到了家里。接着，就在昏暗的店深处的桌子前头坐下，开始变起快乐的魔术来了。

把干海草和海沙细细地拌匀，填到火炉的炉眼里，划着了火柴。

燃料静静地燃烧起来，没过多久，整个火炉都开始放红光了。目不转睛地盯着那红色，老人不觉涌起一种非常幸福的感觉。它与至今为止只有古老而冰冷的东西相伴就已经充分满足了的幸福比起来，是一种完全不同的感觉。它就和在沙漠中出乎意料地闻到了花的香味时，或是从前新婚燕尔时的那种甜美的幸福感差不多。

一说到这里记起来了，从前，古董店主的妻子也曾用一个大铁锅给他做过料理呢！夜里也有时候，就在火边上干针线活儿呢……不过，妻子只隔一年，就离开了这个家。大概是因为他太小气、太倔强了。

这会儿，老人突然把那个天真地干着针线活儿的小人，当成从前分手的妻子了。

"姑娘呀……"

老人用手指敲着桌子，轻轻地试着叫道，可小姑娘没有一点反应。

"你在等谁吧？到底是谁来呢？"

姑娘中途把锁桌布边的活儿停了下来，又静静地站了起来。然后，做起汤的准备来了。好久没看过女人那忙着烧饭的身影了，老人又想起分手的妻子的事。

"也许是我不好……可要是不走该有多好啊……"

老人一个人嘟哝道。这样唠唠叨叨地自言自语，还是头一次。于是，到今天为止很久都没有想起过的（与其这样说，还不如说是一直强忍着不去想的）从前的往事，如同苦汁一样，在胸中弥漫开来了。

现在还仍然陈列在店里的玻璃柜子里的、外国货船带来的古老的银饰——

是他与妻子吵架最直接的原因。

当它被拿到店里的时候,年轻的妻子特别想要它。她再三央求他:一次就行,想挂到脖子上试一试。可每次他都摇了摇头:

"不行不行。那是要估价的东西。"

渐渐地,妻子仿佛被那个项链迷住了似的,每天往玻璃柜子前头直挺挺地一站,就不想动了。在柜子前站立的时间,一天比一天长,不知从什么时候起,妻子连料理、针线活儿也不做了。从前一尘不染的房间,现在积满了灰尘。

这项链就有这么大的魅力!在什么遥远的国度的海底沉睡了许多年,被挖了出来,表面上布满了斑斑点点的绿锈,这更加重了它的分量。而且这项链上的设计,也很怪诞,它是用精美的银质小鱼串联起来的。鱼的数目,恰好是三十尾,一尾不落,全都雕刻着美丽的鱼鳞。不管是哪一只鱼的眼睛,都放射出炯炯有神的光。

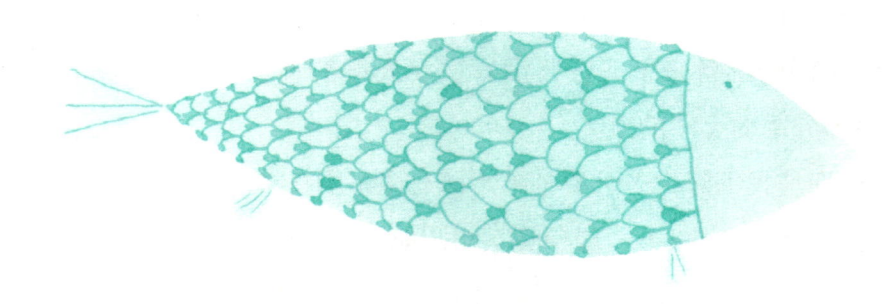

（这一定是贵族女人挂的东西。）

古董店主想。

（如果卖掉，该值多少钱呢？现在卖掉合算，还是请学者鉴定以后，把价钱抬得高高地卖掉合算呢……）

古董店主每天净想这样的事了。可是，妻子那边，却一个人捕风捉影地编起从前一个挂着项链的遥远国度的姑娘的故事来了。于是，这故事不断膨胀，不知不觉地变成了一个美丽、诡异得无法形容的故事了。妻子想，也许这项链是什么地方的一个小伙子送给恋人或是未婚妻的定情之物。这个小伙子，也许说不定是个贫穷的银匠。他也许作为一名手艺人在镇子里最大的一家首饰店里干活儿。而也许是为了心上人，从店里一点点地偷来银子，做成了这个项链。每天夜里，偷偷全神贯注地雕刻着一尾尾鱼的一片一片的鱼鳞——

这样想着想着，不知从什么时候起，妻子自己整个陷进那个故事里头去了，自己仿佛变成了银匠的恋人。

古董店主不在家的时候，妻子常常打开玻璃柜子，取出项链，偷偷地挂到自己的脖子上。什么地方也没去，只是面对着镜子，眼神呆滞地一坐就是好几个小时。

只不过是这么一件事，可有一天被古董店主发现了，他却怒火万丈，一把就从妻子的脖子上把项链抢了过去，劈头盖脸一顿臭骂。

后来发生了怎样激烈的舌战，已经记不起来了。不过，那之后持续了好长一段互相不说话的日子，妻子离家出走了。到底到什么地方去了呢……倔强的古董店主一次也没有寻找过妻子的下落。然而，最近这段时间以来，古董店主却强烈地觉得妻子仿佛是消失在她自身的一个梦境里面了。在烟雾缭绕、淡紫色的梦境里，她变成了异国的一个美丽姑娘，此时此刻，正一动不动地等着谁似的。

打那以后，三十多年的岁月过去了。就是现在，老人一看见那生着绿锈的东西，心口就会一阵揪痛，所以，他决定尽量不去回忆过去的事情。而且，他一直就在想，要是有人肯出一个好价钱买它，就尽快把它处理掉。可实际上，一进入到谈价钱的阶段，它就被压到很低的一个价格。因为是一个性格倔强的老人，比一开始自己说的价钱低，怎么也不能接受，结果就没有卖出去，直到今天，项链还静悄悄地躺在店里的柜子里。

（如果没有懂得它的价值、肯出相应的价钱买它的人，是不可能卖掉它的。）

一直这么想着，三十年过去了。于是最近这段时间，老人就想，结果真正认为那项链美丽无比的，还就只有离家出走的妻子呢……而且，他还暗暗地想，要是岁月能倒退三十年，就能重新再来一次了。

"所以嘛……就是回忆起过去的事，又有什么用呢……"

缓过神来，老人猛地摇了摇脑袋。然后，又把目光移到了桌子上的小姑娘身上。

姑娘正在往煮得滚开的锅里撒盐。从蓝色的袖口里露出来的细细的手腕子上，手镯闪闪发光。

那是银的手镯。是用许多条小鱼串联起来的一个圈儿，连接眼的地方，看得见斑点一样浮现出来的淡淡的绿锈。

（哎呀……）

古董店主这时大吃了一惊，一阵头晕目眩。

因为这手镯的感觉，太像那个项链了！不，是一模一样。当然了，大小不同，但它的设计和银的光亮度、锈蚀的程度，完全相同。

（说不定……）

老人想起一件事，捂住了胸口。

（说不定那项链和这姑娘的手镯，是一对呢？）

啊啊，这也太离奇了！

然而，这又是多么浪漫而幻想的推测啊！老人的脸颊立即就燃烧起来了，一种不可思议的兴奋让他心潮澎湃。

（是的。也许这姑娘，就是那项链的主人。）

如果那个船员的话是真的话，那这姑娘在中了魔法之前，应该是一个正常大小的人。当住的小镇被涌过来的海水吞没的一刹那，只有这姑娘的项链从脖子上掉了下来，被抛到了海里——那之后，姑娘就那么戴着一样的手镯，被海里的妖孽施了魔法，变成了小人。然后，项链和姑娘都长久地各自沉睡到了海底——

"它们碰巧前后被拿到了这同一家店里……这样想行吗……"

老人高兴得忘乎所以了。他觉得就像一个被埋葬了的故事，刚刚被自己的手掘了出来似的。

"姑娘呀，姑娘呀。"

他轻轻地呼唤。

"是这样吧？我没有说错吧？"

老人连烧好的汤都忘记喝了。

"你的手镯，是用银鱼穿起来的工艺品吧？那配对的项链，也是你的吧？"

一边这样说着，老人一边凑到姑娘的手腕上去细看。啊，连手镯上的鱼鳞和鳍，都和店里项链上的鱼一样。

老人发了一会儿呆，随后就嘟囔了一句：

"你要是和正常人一般大就好了！

"那样的话，立刻就能把那个项链还给你啦！"

老人发自内心地想。那个项链三十多年都没有卖出去，留在店里，也许说不定就是等待着这一天的到来呢！一定要好好珍惜这不可思议的机缘啊，老人想。

"要是能想办法把你救出来，就好了！总是孤零零一个人待在那里，冷清吧？"

就在这样搭话的时候，小人姑娘突然脸朝上，发出了如同耳语一般的声音。

"什么？"

老人不由得竖起了耳朵。

"你在说什么？"

然而，已经什么都听不见了。"唉——"老人重重地叹了口气。

"是啊，就算是听见了，你的话也是外国话，我也不明白啊！"

哪里想到，姑娘听到这话，摇了摇头。就那么一动不动地仰头看着老人，长长的头发飘摇着，坚决地否定了老人的话。然后，用小小的手指指着汤锅，像是在说快点喝吧。

"那我就先喝起来吧。"

老人拿过匙，喝起鱼汤来了。一匙、两匙，接着是第三匙……

于是，遥远的记忆，在老人的舌尖上复苏了。

（还记得这味道啊！）

老人这样想。

（啊啊，说不定是用藏红花调的味吧……）

从前，妻子嫁过来的时候，带来了好多藏红花的球根，她特别喜欢这种开在地中海边上的紫花。她把球根种到大花盆里，每天一边浇水，一边快活地说这种植物既能当药，又能当香料。不过，这花还没开，妻子就离家出走了。

藏红花头一次开放的早上，这家里只剩下古董店主一个人了。紫色的花一朵接一朵地开放，好几天屋子里都洋溢着一种不可思议的香味。

"嗯，这确实是那花的香味。肯定是用它调的味。"

老人禁不住又把第四匙送进了嘴里，他闭上了眼睛。于是，在眼睑的背面，出现了一片紫色的花，年轻美丽的妻子在花中笑着。

老人的心中突然充满了一种甜甜的悲伤。不由得眼含热泪，叫了起来："喂——"不过就在这时，那个船员的话，在老人的心里复活了：

——至多，也就是五六匙。要是一锅都喝进去了，那可就糟糕啦——

这可不行，老人想。这样说起来，他觉得耳朵已经有点发热了。

（怎么会呢？又没有喝酒！）

老人晃了晃头。可就在这一刹那，老人依稀听到了姑娘的声音。他吃了一惊，定睛一看，姑娘仰着脸，像是在恳求着什么。她那小小的食指指着汤锅，好像是说再多喝一点似的。

"那么，我就再来一匙。"

老人把匙伸进汤里，舀起第五匙，闭上眼睛迅速地送到了嘴里。

实在是太好喝了，他想。假如这般鲜美的汤能尽情地喝个够，就是马上死了也不后悔！他甚至冒出来这样一个粗野的念头。

就是这时，闭着眼睛的老人的耳朵里，姑娘那铃声一样的声音，第一次变成有意义的话了：

"dian ran shu ye、dian ran shu ye……"

姑娘这样说。

"你、你说什么？"

老人睁开眼睛，想再听一遍姑娘的话。可是那声音又变成了铃声，姑娘又好像在说着什么，手指着汤锅。

（噢，原来如此！如果喝了汤，就能明白那孩子的话。越喝越明白。）

老人来了勇气。看来这汤是解开谜团的钥匙。

"什么如果喝多了就会死，那是瞎说！全是瞎说！"

老人这样叫着，不断地把匙伸进锅里，终于把一锅的汤都喝光了。然后，翻着白眼，绷紧了身上所有的神经，静静地等候着变化。

老人的身体什么异常也没有发生。而且这回，彻底听清楚了姑娘的话。是这样的话：

"点燃树叶，
春天的嫩叶和芬芳的花，
细细的小树枝三四根，
那样，我的梦就能实现了。"

姑娘清清楚楚地这样说。可是，刚一说完，火炉的光就消失了，姑娘的身姿也消失了。燃料烧完了。

老人用两手在桌子上摸开了。没完没了地摸呀摸呀，就好像是在搜寻离家出走的亲人似的。然后，试着慢慢地回忆起刚才姑娘的话来。

> 点燃树叶，
> 春天的嫩叶和芬芳的花，
> 细细的小树枝三四根，
> 那样，我的梦就能实现了。

"是这样啊！"
老人站立起来。
"是燃料！改变燃料！那样的话，肯定会发生什么新的事情。"
古董店主这样叫着，冲出店去。

外面的天已经很暗了，到处都亮起了蓝色的街灯。从港口那边，吹来带着海潮气息的风。老人一个人嘟嘟囔囔地说着：

"那个船员肯定也不知道这回事，他就是做梦也不会知道，一旦喝下去足够多的汤，就能听懂姑娘的话。所以，才会一个港口一个港口地转来转去，把那个火炉寄存在别人那里，借钱去玩。那小姑娘也真是够可怜的，碰到了这样一个主人。"

老人觉得那个火炉已经完全成了自己的东西。他轻声地哼了起来：

> "春天的嫩叶和芬芳的花，
> 细细的小树枝三四根。"

这会儿，为了找这样的燃料，古董店主正朝附近的公园走去。

"现在应该是樱花！有没有早开的玫瑰呢……不过，油菜花也很香啊！"

尽管如此，已经有多少年没有考虑过花了呢？居然到今天为止，还没有忘记花的名字，连老人自己都感叹起来了。而且，他还有一种感觉，长久以来覆盖在自己心头上的东西，现在一点一点地释放出来了。

夜晚的公园，古董店主捡了好多樱花的花瓣。接着，又揪了淡绿色的嫩叶，折了几根细树枝。

老人坐到了长椅上，那里看得见港口那宝石一样闪烁放光的灯，他把收集来的"燃料"装到了包里。然后，被风吹着，想起那个小姑娘的事来了。那个姑娘住的小镇、那个港口小镇古老的建筑、人们的服装和吃的东西、市场的喧哗声、歌声——

不知从什么时候起，老人觉得自己好像也沉溺到那个遥远的国度的不可思议的故事里面去了似的。和从前妻子手里拿着鱼项链时坠入的梦境一模一样。

可这时候，港口里的船拉响了汽笛，对面的路上传来了醉汉的吵闹声。这一瞬间，古董店主想起了那个船员，僵住了。

（对了，这样不行。那小子过两天就要来取火炉了，在那之前必须想个办法才行！）

老人慌慌张张地走了起来。

3

那天夜里,老人回到店里,把"新燃料"装到了火炉里。然后,终于划着了火柴。

火炉静静地开始燃烧起来。老人用一种看着庄严仪式的火似的心情,凝视着那小小的火焰。

樱花、嫩叶和小树枝烧得旺极了。接着,渐渐地火炉整体染成了一层红色。桌子上像往常一样亮堂起来,那姑娘的身姿就要浮现出来了。突然,如同装上了新的电影胶片似的,桌子上,映出了一个意想不到的东西。

那是风景。

是一座古老的石头港口小镇的身影。港湾里停泊着若干艘古老的帆船。沐浴着月光,那全景画一般的小镇静静地沉睡。

季节是春天吧?广场上开满了淡桃红色的花,清香的嫩叶覆盖了小镇。教堂的尖塔耸立在天空中,对面是朦朦胧胧的广阔田野和牧场。

当熊熊燃烧的火炉,把这个小镇清晰地映出来的时候,老人立刻就恍然大悟了,这就是从前沉没到海里的那座小镇,就是被波浪吞没之前的和平的港口小镇的幻影。于是,他听到从什么地方传来了波浪声、出海的船的汽笛声。

可那个穿蓝衣裳的姑娘,在哪里呢?在这座小镇的哪一座房子里睡着呢?

"姑娘呀,姑娘呀。"

老人在小镇上方轻轻地呼唤。然后，就把眼睛凑了上去，一心一意地找了起来。一条条街道、一座座房子的窗户，接着，是刚刚醒过来的繁华街闪烁的灯火中——

"姑娘，戴银手镯的姑娘……"

然而，这座小镇连一个人影也看不见。

"姑娘，戴银手镯的姑娘……"

老人的身子越来越往前倾了，很快，他就冲进了这座幻影的小镇里，一家挨着一家地打听起来：

"喂喂，知道穿蓝衣裳的姑娘吗？

"没看见戴银手镯的姑娘吗？"

什么地方狗在吠叫。从什么地方的房子的阳台上，传来了如泣如诉的小提琴的声音。啊啊，那……那叫什么小夜曲？老人思索起来。

一走下缓坡，就飘来了淡淡的港口边缘的味道。海潮的味道、烟和黏糊糊的油味——

在连接着港口的纵横交错的小巷子里，小酒馆杂乱无章地一间挨着一间，从那谜一般的微光里，传出来尖锐的女人的笑声、和着吉他的无精打采的歌声。

快快！要是不快一点，这小镇就又消失了。被海水吞没，一切就都结束了。不，也许是被黑暗吞没，消失得无影无踪了……

古老的石板路上，回响着老人那重重的脚步声。

（必须快点找到那姑娘，把项链还回去！）

老人光想着这件事了。

（如果这样的话，姑娘一定会得救，恢复成一个普通的姑娘。）

他还这样想。

（不过……等一下！）

这时，老人猛然间停住了，连忙把双手插进了口袋里。裤子的口袋、衬衫的口袋、上衣的口袋……然后，他痛苦地咕哝道：

"怎么会有这种事！"

把那么重要的项链给忘记了。

"稀里糊涂地忘在店里了。"

老人大失所望。

可就在这时，头顶上响起了一个微弱的声音。像是小铃铛在响，像是在摩擦海螺，要不就像是枯叶在风中滚动……他不由得仰起脸，眼前是一幢古老的砖房子，从它楼上最边上的一扇窗户里，露出了白白的手。看得见蓝色的袖口。手腕上的金属的手镯，叮叮当当地响着。

"在、在这里啊！"

吃了一惊，老人大声叫了起来。戴着银手镯的白白的手，像蝴蝶一样飘飘悠悠地舞动着。那看上去，像是正在挥手招呼人过来，像是在求救，又像是在若无其事地舞动。老人瞅了一眼，确认了那扇窗户的位置是七楼。

"喂——"

老人喊。

"我这就去你那里！"

这样叫着，就要往砖房子里头闯的时候，啪，有谁在后面拍了老人的肩膀一下。

"喂，老爷子！"

一个心情极佳的男人的声音。他猛地怔了一下，回头一看，啊啊，刚从对面的酒馆奔出来的那个男人——是的，确确实实就是那个船员，帽子戴在后脑勺上，正得意地笑着。

"这不是古董店的老爷子吗？真是碰巧了！"

船员喷了一口酒气。然后，一只手伸进上衣的口袋里，抓出一大把纸币：

"好吧，把宝贝火炉还给我吧！"

古董店主的脸都白了。

"可、可是还没到约定的日子啊？"

"早是早了一点，不行吗？我会多给你利息的！"

老人的腿哆嗦起来。

（现在就放掉？把那火炉，不，把那个姑娘放掉？）

不知为什么这一刹那，老人觉得有一道冰冷的闪电，"唰"地一下掠过了自己的太阳穴。

（不，决不放手！就是豁出性命来，也要守住那个火炉！到了这里……到了这里，怎么能因为那孩子是个小人而眼睁睁地看着、弃之不管呢……）

这样想的时候，老人的心里冒出了惊人的勇气。他怒视着男人，然后用低沉的嗓音嘟哝道：

"不能还给你啊。"

"你、你、你说什么？"

醉鬼逼近老人，然后瞪着血红的眼睛说：

"老爷子，你没有搞错吧？那本来不是我的东西吗？"

"……"

男人的身影，清晰地映照在月光下。当发现他右手上握着一个闪光的东西时，老人一惊，不由得往后退了几步。

（匕首……）

没想到还带着刀。可是这时候，老人的脑袋比那把匕首还要锋利。他的身体里奔涌着如同年轻人一样的勇气与血气。

不但没有逃跑，老人反而握紧了拳头，冷不防与对手厮打起来。这突如其来的打击，让船员的匕首像鱼一样地闪着光，咣啷，掉到了石头上。男人慌忙弯下身子去拾——是头上、脸上还是后背上，已经记不起来了——咣咣咣，老人一拳接一拳地砸了下来。

呜呜，醉鬼呻吟起来。然后，一头就栽倒在了石头上。

老人愣在了那里，俯身看着那个男人，直到对面酒馆的门"嘎"的一声打开，露出了一个女人的红头发时，他的肩膀才吃惊地颤抖起来。老人这才开始意识到，自己闯下大祸了！女人尖着嗓子，叫起"警察"或是"杀人犯"之类的话来了。

他猛地转过身，逃了起来。

往哪里逃的、怎么逃的，都已经记不起来了。上气不接下气地爬上迷宫一般的坡道，冲进死胡同，又一身冷汗地退回来，有好几次都险些摔倒，明明没有一个人追，却一路狂奔。对了，望着他身影的，只有像桃子一样的月亮。这魅幻一般的港口小镇，正是夜深人静，唯有繁华街那一片像是夜里颤抖着的心脏似的，还醒着。

尽管如此，老人还在跑着。眼看着就要倒下来了，可还在气喘吁吁地跑着。不知什么时候，好不容易才跑到了一扇非常眼熟的旧门前，冲了进去。那一刹那，老人一阵天旋地转，身子朝前探去，不由得用双手撑住了桌子。

明白过来的时候，老人已经站在深更半夜的自己的店里头了。眼前放着那个小小的铁火炉。火刚刚熄灭，火炉还是温的。

"怎么回事？做了个梦。做了一个跌进幻影小镇里的梦。"

老人青筋暴突的太阳穴抽动着，嘟哝道。然后，他坐到了椅子上，沉思道：

（说起来，这段时间，就没有好好睡过觉，吃的吧，除了那鱼汤之外什么也没有吃过。变成这个样子，也许是正常的吧！）

可方才在梦中咣咣咣地殴打船员的右手，却痛了起来。

"心理作用吧！"

老人拉开抽屉，取出营养剂的瓶子，把两三片药片扔到了嘴里。

（今天去睡上一觉吧！）

老人摇摇晃晃地朝二楼走去。

4

自从发生了这样的事情之后，那个铁火炉，让古董店主觉得有那么一点点毛骨悚然了。

第二天一整天，它就那么放在桌子上，他没有生火，苦思冥想着。到了明天，那个船员就会拿着钱，来把它取回去了吧？那样的话，就要像约定的那样，痛痛快快地还给人家了吧？可是，老人还是不想放掉那个小姑娘。那个小姑娘就那么永远是一个小人的样子，被永远地囚禁在火炉的光芒中，这让他觉得太可怜了。退一步说，哪怕是怎么也解除不了魔法，他至少也想把它永远地放在自己的身边。他怎么也不能忍受它被那样一个品行不端的船员装进口袋，又到什么遥远的国度去旅行。这个念头越发强烈了，古董店主苦思冥想了一整天，下了决心。

"好，就这样果断地去干吧！"

老人立即打开桌子下面的手提保险箱，一分不剩，把钱全都拿了出来。那本来是预备用来收购什么好的旧货的钱。现在，老人要用它们从那个船员手里，正式把火炉买下来。他想，越早越好！

（不要等那小子来了，今天晚上我就去找他！只要去港口的繁华街，就肯定能碰见他！这种麻烦事，越早解决越好！）

这天晚上，老人把一大堆钱藏到怀里，出了家门。

小镇上亮着蓝色的街灯，公园里的樱花朦朦胧胧的。老人虽然还一次也没有去过港口边上的繁华街，但大概的方向，他还是知道的。顺着和缓的石板路一直往前走，下去就行了。然后，往港口的方向一拐，剩下来凭气味就应该知道地方了。海潮、烟、油和透不过气的闷热掺杂在一起的气氛。如果走到跟前，还应该回荡着无精打采的歌声和笑声吧！

自己那么清清楚楚地知道去那里（按说该是一次也没有去过那里）的路，那么熟悉那一带的气氛，这让老人也觉得有点奇怪了。

小镇笼罩在一层淡淡的烟霭之中。一个微暖之夜。那装满了纸币，变得沉甸甸的上衣，让老人觉得闷热难受。他光想着早一点把这些钱交给那个船员，好一身轻松了。

（但是，那个男人会说"嗯"吗？会轻而易举地就放手吗……）

老人想起了昨天梦里船员那张讨厌的笑脸。

（也许会说无论如何要还回来……如果那样的话，那时候……）

老人的肩膀颤抖起来。

（也未必就会发生像昨天梦里那样的事情。那样的话，我这么一个老态龙钟的人了，怎么能那么简单地咣咣揍他一顿，就回来了呢……）

醒悟过来的时候，老人已经来到了杂乱无章的繁华街。

飘着烤鸡肉串的香味、屋檐低低的小店，亮着橘黄色的霓虹灯。同样的店，一家紧接着一家。那个男人，究竟钻到哪一家里玩牌去了呢？老人完全没有了方向。走过几个船员模样的人，老人止住脚步，想努力从中找出那个红褐色头发的男人，但不是红头发蓝眼睛的外国人，就是背影看着像、可跟上去一看却认错了的人。老人毅然地推开了一家店门：

"晚上好！"

呆头呆脑地招呼了一声，就进到了里面，惨白的灯光下，正在喝酒的几个人回过头来。老人觉得那一张张脸就像是海底的鱼。扫了一圈，知道没有那个船员，老人急忙关上了门。然后，接连转了相邻的两三家店之后，又回到了街上。当老人突然仰起脸来的时候，他有一种天旋地转的感觉。

"啊呀……"

那一瞬间，古董店主以为是在做梦了。

因为那幢眼熟的砖房子，就在眼前。和昨天幻影小镇里的完全一样、被烟熏黑了的一幢大房子。古老的窗户周围，爬满了爬山虎。入口处没有门，张着四方形的嘴巴。这幢房子就仿佛是从梦里原封不动地切下来搬到这里来的似的。

"……"

老人怔住了。不过很快就镇定下来，朝四周望去，它的对面果然是似曾见过的那家酒馆的门。就是红头发女人探出脸、尖着嗓子叫出声的那扇门……

（是吧？昨天在这里见到过那小子了。他还拍了拍我的肩膀，说了句什么"喂，老爷子"吧？……可、可……）

老人用两手捂住头，蹲了下来。然后，绞尽脑汁想到最后，一个不可想象的疑问，慢腾腾地从他的脑子里冒了出来：

"那是真的事件吗……"

老人悄悄地握了握自己的右手。于是，像证据似的，握着的拳头微微发疼。

（昨天晚上，不过是打算进到幻影的小镇里，可不知不觉中竟跑到真实的小镇里去了……后来、后来，自己真的干了那种事吗……）

老人摇摇晃晃地站了起来。可那种疑惑却更加强烈了。自己现在站着的地方，一点不错，就是昨天的那条路。对了，就是匕首从船员的手里咣啷一声掉下来的石板路。就是咣咣咣地揍喝醉了的对手的那条路——啊啊，千真万确，千真万确。

老人不由得浑身哆嗦起来，他叫住了一个过路人。一眼就看出来了，那是个看上去像附近的店里的老板、胖墩墩、系着蝴蝶形领结的男人。老人语无伦次地询问道：

"昨天晚上，这一带发生了什么事吗？像什么伤害事件之类的事？"

"伤害事件……"

系着蝴蝶形领结的男人沉思起来。

"啊，"他像是终于想起来了似的，点点头，"天亮时分，是有一个船员倒在了这里。"

"什、什么样的男人?"

"什么样的男人……记不起来了,好像是一个年轻的男人,喝醉了打起来了。边上还掉着一把匕首。"

"后、后来呢?那个男人怎么样了?不会死了吧?伤到什么程度?"

"好像是伤得不厉害。大概是船员之间喝醉了,打了一架。打赢了的对手,飞快地逃走了。这是常有的事。"

"倒下来的船员呢?那人现在……现在在什么地方?"

老人的膝盖一边发抖,一边问出了最重要的问题。

"听说今天一大早就上船了。港里有一艘比预定早一天出发的货船,听说是那艘船上的船员。这会儿,已经在海上了吧!"

老人喉咙里咕嘟响了一声。

(上船了?这会儿已经在海上了?)

一种抑制不住的喜悦,慢慢地从他的心头涌了上来。

(太好了……太好了……那家伙已经不在了!而且,昨天晚上的事谁也没有发现就那么过去了!)

老人沉浸在无比的喜悦之中。

(那个男人,已经不要火炉了。啊啊,是这样的吧,本来一开始,我借给他的钱就够多的了!那时候,我都入迷了,打开抽屉拿出钱,连数都没数就递了过去。而且,如果这家伙用它做本钱,玩牌又挣了一大笔,就更加没话可说了。)

昨天晚上自己烧昏了头,揍了船员一顿,这还不如说让老人产生了一种快感。而且,不用放弃那个小姑娘,事情就了结了,也让他比什么都高兴。

可尽管如此，这时，老人又陷入了沉思：昨天晚上看到的那蓝色的袖口和白白的手呢？

那究竟是什么呢……

老人禁不住仰望起砖房子来了。

怎么看，也是一幢魅幻般的房子。像是被风从那个遥远的幻影的小镇搬来的，又像是用纸、板和颜料搭起来，模模糊糊的灯光照耀下的舞台布景……

还有，从七楼窗户里露出来的白白的手，确实是戴着银手镯的啊！一定是因为自己想进到那个沉到海里的小镇的幻影中，才把它想成姑娘的手……

（那孩子怎么会在这里！那孩子，应该还是那个小小的身姿待在火炉的光里。）

尽管如此，老人还是想看一眼窗帘后面的人。

老人走进了砖房子。

寂静无声的石头楼梯上，晃动着月光。不知为什么，这时，老人奇怪地怀念起爬到这楼梯的顶上、静静地坐在那里的人来了。

咚、咚，响起了脚步声，古董店主开始往楼梯上爬去。从二楼到三楼，从三楼到四楼——

月光从一扇扇楼梯平台的窗口里射了进来。越往上爬，楼梯像是变得越明亮了。而且蹊跷的是，越往上爬，古董店主的脚步变得越轻快了。迄今为止，他只是往自己家的二楼上爬，都直喘粗气。这究竟是怎么一回事呢？不知从什么时候起，他的腿变得像少年一样强壮了，就是上一百级、两百级楼梯，也不会觉得累。还不仅仅是腿，不知从什么时候起，他的眼睛闪耀着生机勃勃的光辉，整个身体里都充满了一种不可思议的年轻的感觉。他的头发乌黑，脸蛋儿泛起了一层玫瑰的颜色。而且，还自然而然地突然吹起了口哨。

现在，沐浴着月光往楼梯上爬的，已经不是那个古董店的老人，而是一个朝气蓬勃的小伙子了。那是老人正好返老还童了三十岁的身影。不，不是那个倔强、刁难人的年轻时候的他，是一个目光热情的温柔的青年。

年轻的古董店主，现在心中充满了懊悔。

"不就是一条项链吗，要是给你就好了！最配它的，还是你啊……"

小伙子一边上楼梯，一边自言自语地说着。

一口气爬上七楼，他轻轻地敲响了最边上的那扇门，然后等待着。因为没有一丝回音，他把耳朵贴到了门上。于是，听到了微弱的歌声。古董店主突然推开了门。

月光如水的房间里，坐着一个穿着蓝衣裳的姑娘。姑娘长长的头发披到肩上，一边摇晃着银色的手镯，一边干着针线活儿。铺在膝盖上的，是一块雪白的桌布，边已经大部分都锁完了。果然是……古董店主想。但是，为什么一点也不觉得奇怪呢？他有一种感觉，好像很久以前就预定好了这样的见面似的。

"边终于锁好了！"

古董店主嘟哝道。一做完桌布，姑娘就把它一丝不苟地铺到地板上，摆上了两人份的餐具。两个碟子、两把匙、玻璃酒杯、银茶壶、两条餐巾……接着，姑娘站了起来，把一口大锅放到了边上的火炉上，开始烧起汤来。

一切都和家里桌子上发生的事情一样。不过，现在变得和自己一样大的那个姑娘是……她到底是谁呢……

这一刻，古董店主的心中突然充满了怀念。他把蓝衣裳的姑娘，看成了从前的妻子。不知不觉地，遥远的外国港口的姑娘，千真万确与自己的妻子重叠到了一起。这会儿，正用那让人怀念的笑脸对着自己，正在招呼自己哪：快进来呀——

古董店主不由得大声地呼唤起妻子的名字来了。然后，为了成为妻子准备好了的餐桌的正式的客人，进到了房间里。

火炉暖洋洋地燃烧着。

古董店主像个小孩子似的，欢欣雀跃地坐到了桌布前头，等着吃饭。

一边往盘子里盛汤，妻子一边静静地说：你也变成火炉光中的人吧！那样，就能永远在这里一起生活了。

年轻的古董店主轻轻地点了点头。

就在这时，从窗户里射进来的月光，好像变成了蓝色的波浪，哗啦哗啦地溢满了这个小小的房间。蓝色的光的波浪，一边哗哗地起伏着，一边后浪推前浪地涌了上来。

（啊啊，海啸！海啸！镇子要被大海吞没了，要沉到海底了……）

这样想着，闭上了眼睛……然后，当战战兢兢地睁开眼睛的时候，古董店主和蓝衣裳的姑娘，已经坐到了海底荡漾的水里。身边是游动的鱼，海草繁茂。

这样的海底的白色的沙子上，铺着一块桌布，两个人正要快乐地开饭。边上，旧的铁火炉红红地燃烧着。

港口小镇的小小的古董店的主人，究竟消失到什么地方去了，没有一个人知道。店里最里头的桌子上，漫不经心地摆着一个非常小的铁火炉。更没有一个人知道它的秘密。

　　后来，和店里陈列的其他物品一样，这个火炉也积满了尘埃。

　　港口每天都有新的船到来。但是，那个不可思议的船员，再也没有来过这个小镇。

大蓟原野

这与其说是歌，
还不如说是咒语。
女孩反复唱了三遍之后，
立即就『嗖』地刮来了一阵风，
大蓟的花凋落了。
就像枯萎的蒲公英，在风中凋落了一样。

有一天，一个年轻的男人正好走过北国一望无际的原野。

男人名字叫清作，是个毛皮商人。就是从山里的猎人家里，便宜地买来兔子皮、狸子皮，驮到马身上，运到城里去兜售，维持着清贫的生活。

因为是寒冷的地方，所以毛皮很好卖。不过，从山里到城里这段长长的路程，即使是对于身强力壮的小伙子来说，也不是一件轻松的事。特别是穿过这片荒野时，更是痛苦。

原野辽阔无垠，如果说到看得见的东西，就只有一片片草和遥远的云了。旅人一个人走在这条道路上时，常常会遭遇奇妙的幻觉。风的声音，让人想起年轻女孩子的笑声；草那边，出现了一座巨大的绿城……

清作最害怕的，就是走到原野的正当中的时候天黑了。一想到要在人迹罕至的荒野里露宿，一种来历不明的恐怖，就会让他不寒而栗。

这里有一个特别的原因。

清作原本并不是因为喜欢，才成为了一个毛皮商人。父亲早逝，为了照顾体弱的母亲和一大堆弟弟妹妹，走投无路才选择了这个工作。他刚开始去猎人家，看到刚刚捕来的、还咕嘟咕嘟地冒血的熊皮时，恶心得几乎都忍不住了。

他心里，总是翻腾着那一刻让他起了一身鸡皮疙瘩的感觉。他总是害怕，万一自己牵着驮着山一样高的毛皮的马，还没走到城里天就黑了，那些买来的兔子皮、狸子皮和狐狸皮，突然就喘过气来了，发出了可怕的叫声怎么办？

（同样是皮货生意，如果是做皮革手工艺品，就要快乐多了。）

他总是这样想。清作的一双手很巧，高兴起来，就常常会用多下来的鹿皮做个钱包、香烟袋或是拖鞋什么的。于是他就会想，要是这些东西能卖出一个好价钱，能维持得了生活的话，那就再轻松不过了。

好了，这是北方短暂的夏天快要结束时的故事。

清作这天也牵着瘦马，有气无力地朝着城里走去。太阳在遥远的黑森林那边，明晃晃地燃烧着。

这天，与往日不同，清作的心扑通扑通地跳个不停。那是因为皮毛货里头，有一张过去从未看见过的银狐的皮。它看上去能卖个大价钱。他琢磨着，用卖它的钱，给母亲买药，给弟妹们买和服，再用剩下的钱去吃点什么好吃的东西。这么一想，就又觉得毛皮生意也未必就那么坏了。他把过去的那种恶心的感觉，给忘到了脑后。

"照这个样子下去，要是能采购到十张银狐皮，就发大财了！"

清作这样自言自语着。

"那样的话，也不用牵着这样的瘦马，做这样的生意了。"

他停下来，擦了一把汗。于是，马也呼哧呼哧地喘着粗气。今天是一个口渴得特别厉害的日子。带来的水壶，早就空了。清作突然记起来，这一带有一口古井，旅人经常在那里歇息。究竟是谁在这样一片荒野的正当中，挖了这样一口井呢？井深得可怕，水又凉又清，好像能把手割破似的。

（在那里歇一会儿吧。）

清作牵着马，朝井的方向走去。

井在一棵大榆树的下面。

可是这天，当清作好不容易才走到榆树下面时，发现石头老井的边上，坐着一个感觉奇妙的小女孩。清作吃了一惊，不由得僵立在那里了。

"你好，清作！"

因为女孩冷不防这样喊了起来，清作一下子愣住了，连话都说不出来了。女孩穿着茶色的棉衣。当他瞥见她那两条像半截木棒子一样的光腿时，不由得害怕起来。

"你、你是谁……"

清作发出了沙哑的声音。只见女孩长长的头发一甩，笑了：

"你也许不知道我，可我是太——知道你了！我一直看着你从这里走过，走的时候，驮着山一样的毛皮，回来的时候，揣着好多好多的钱。"

"所以，我才问你是谁嘛！"

清作瞪着女孩。

于是，女孩莞尔一笑，答道：

"我是井精。"

"什么叫井精？"清作好奇地盯着女孩，"是住在这里头吗？也就是说，是水精吗？"

女孩满足地点点头，然后，又这样说明道：

"也就是说，我是地下水之精呀！这片原野上所有的树、所有的草、所有的动物、所有的虫子、所有的鸟，全是由我来养育的。"

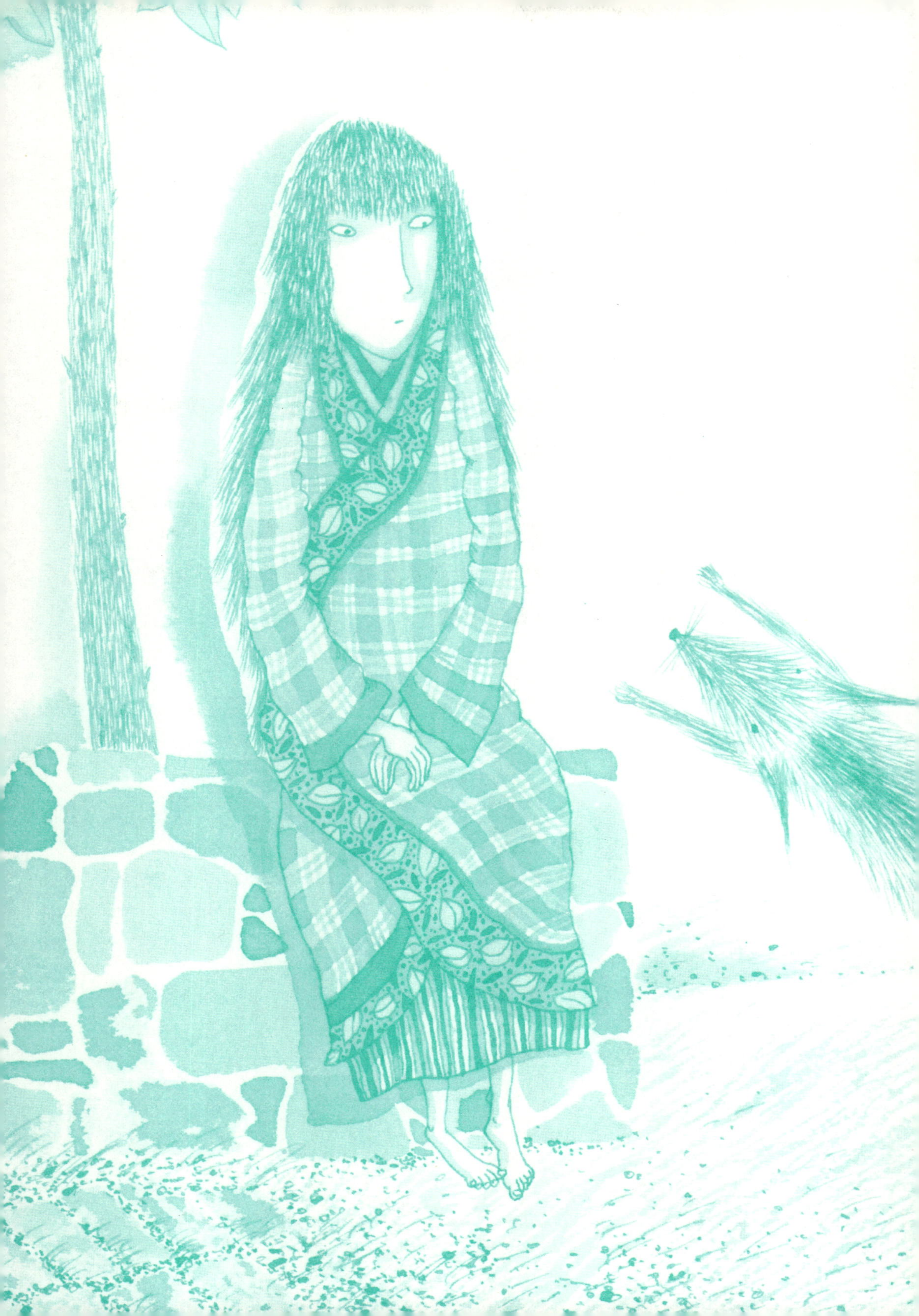

小女孩沾沾自喜的话，让清作有点讨厌了：

"我顾不上那些了，我渴死了，快让开一下！"

听了这话，女孩马上说：

"那么作为交换，你给我一张皮！"

"……"

清作呆住了，傻傻地看着那个女孩。要用一杯水——如果是在往日，连一分钱都不要、想喝多少就喝多少的井水——来换做生意的毛皮？见清作哑口无言地立在那里，女孩冷不防说道：

"我想要那只银狐啊！"

清作脸都白了。银狐藏到了蒙得严严实实的行囊的最下面，这女孩，究竟是怎么嗅出来的呢？也许是看见了狐狸的尾巴？清作朝马背上望去，可连一根毛也看不见啊！

他突然不快起来，节骨眼儿上被一个讨厌的家伙给缠住了！可是，口渴难挨，他觉得在这里如果不喝上一口水，就连一步也走不了啦！虽说对方是一个瘦弱的小丫头，如果把她一把推开，轻而易举地就能喝到水。但不知为什么，女孩那双大大的黑眼睛，却让清作产生了一种莫名的恐惧。于是，清作结结巴巴地这样说道：

"银、银狐不行啊，已经有人要买了。换个别的吧，给你兔子或狸子吧！对了，狸子皮可暖和了。"

听了这话，女孩剧烈地摇起头来。接着，用手指着清作的行囊，冷不防"啾"的一声吹起了口哨。

"出来吧，我可爱的银狐！"

她说。

于是怎样了呢？

清作的行囊隆了起来，冷不防，"嗖"地一下，从蒙得严严实实的行囊里蹿出来一只银色的狐狸。

狐狸活了，黑眼珠子滴溜溜地转着，用力摆动着垂到地上的尾巴，确确实实地站在草地上。可采购的时候，它是一张真正的毛皮啊，清作差一点就直不起身子来了。

女孩满足地点点头，从井边跳了下来，就像是那狐狸的饲养人似的说："过来吧，我可爱的银狐！"然后，就把狐狸抱了起来，围到了自己那细细的脖子上。

清作一个劲儿地发抖。

一直害怕的事情，现在发生了。一张空毛皮，竟然喘气了，又动起来了！说不定这个小女孩会用相同的魔法，让自己行囊里的东西，一个接一个地逃走。

清作连口渴也忘记了，拽着马就想趁早离开这里，可女孩却这样说道：

"清作啊，你不适合干这行生意，干点别的活儿不好吗？"

"别的活儿？"

"是呀，比方说皮革手工艺品。做别致的长筒靴，怎么样？"

"……"

啊啊，这女孩怎么会这么清楚地知道清作的心思呢？他突然快活起来，坐下了，老老实实地点点头：

"啊啊，我……我以前也这么想过。就那样，做好多好多漂亮的东西。"

"那不就好了吗？"

女孩满不在乎地说。

"但是，那样是生活不下去的啊。很少有人会买手工缝的鞋子吧！"

"那样的话，"女孩说，"我教你一个好办法。"

她弯下腰，从脚下摘下一朵开着的大蓟的花。一朵红紫色的花，叶子上全是刺。女孩把它轻轻地拿到了嘴边，唱起了这样的歌：

"撒出来吧，撒出来吧，花的种子。"

这与其说是歌，还不如说是咒语。女孩反复唱了三遍之后，立即就"嗖"地刮来了一阵风，大蓟的花凋落了。就像枯萎的蒲公英，在风中凋落了一样。

然而，就如同变戏法似的，在那一片片细细的花瓣凋落的地方，又开出了新的大蓟花。一共有多少朵呢？原来不过是一根大蓟，可

眼看着就多了起来。女孩又摘下一朵刚开的花,重复起刚才的歌来了:

"撒出来吧,撒出来吧,花的种子。"

这么简单的一句话,只不过唱了三遍,花就一点点地多了起来。很快,井边就变成了大蓟的花田了。明媚阳光下的原野,红紫色的花簇沙沙地摇动着。

不过,这期间发生了一件让人为难的事。花越来越多,不知什么时候,大蓟的刺把女孩那双赤脚扎得伤痕累累。

"疼疼疼疼……"

女孩叫了起来,然后,抬起那只伤痕累累的脚,说:

"清作啊,给我做一双长筒靴!"

见清作目瞪口呆,女孩又说:

"现在立刻就给我做一双长筒靴!不然的话,刺扎得我走不了路了。"

于是,清作就仿佛中了魔法一般,头晕目眩地朝着自己的马走去,从行囊中取出了一张鹿皮。

是一张光滑的皮子。摊到草上一看,能做好几双上等的长筒靴。

"可是怎么办呢?没有工具啊。"

清作遗憾地嘟哝道。

"你说工具吗?我有针、线和剪子呀!看!看!看——"

女孩一边说,一边把一只手插到了兜里,把五颜六色的线、缝皮革的长针和漂亮的剪子掏了出来。一个小小的兜里,怎么能装得下这么多东西呢？清作弄不明白了。不过，不管是针也好，线也好，都是他从未见过的绝好的东西。

针和剪子，像是用真正的银子做成的。线呢，每一根都闪闪发光，鲜艳无比，就像彩虹被拆开了，撒到了草上一样……

清作赞叹不已，长长地叹了一口气。这时，只听女孩说道：

"这些全都送给你，你给我做一双美丽的长筒靴！"

"好啊。"

清作点点头，连忙动手做了起来。

当美丽的线把鹿皮缝成了一双长筒靴时，太阳已经偏西了。原野成了一片暗红色。在夕阳的光中，刚刚盛开的大蓟花看上去像是在绚烂地燃烧着。

"这下可坏了！"清作吃惊地站了起来，"这不是已经黄昏了吗？到城里还有那么老远的路，可我怎么闲坐在这里……"

"那样的话，你住在这里不就行了嘛！"女孩满不在乎地说，"在这里过一夜，明天一早出发不就行了。"

"那、那怎么行！"

清作把长筒靴递给女孩，就要去收拾自己的行囊。于是，女孩像是要拦住他似的，说出了这样一番话：

"你在这里干一个晚上，多做几双长筒靴吧！到时候，我会教你一个好办法，让你变成一个非常有钱的人！"

"……"

"我让大蓟的花再多一点、再多一点，把这片原野变成大蓟的原野！让远方的镇子、村庄，更远的城市都开满大蓟的花！那样的话，人们被刺扎得连一步路也走不了，就都来买你的长筒靴了。你怎么做、怎么做，也不够了。"

一口气说完，女孩穿上清作做的长筒靴，连蹦带跳地走了起来。围在脖子上的银狐，哧溜一下滑了下来，跟在后头追了上去。

"撒出来吧，撒出来吧，花的种子。
撒出来吧，撒出来吧，花的种子。"

大蓟的花，迅速地多了起来。穿着长筒靴的女孩的那双细腿，轻快地向远处奔去。半道上，突然回过头来，迎着风，大声地叫喊：

"要是成了有钱人，就娶我当新娘子吧——

"盖了大房子，就来接我吧——

"用漂亮的马，来接我吧——"

然后，裙子一飘，渐渐地远去了。

"撒出来吧，撒出来吧，花的种子。"

只剩下歌声还回荡在原野上。银狐像个白球似的闪着光，跟在女孩的后头追了上去。

"还有这种人！"

清作重重地叹了口气。不过，这时他在心里已经决定了。今天晚上，就按这女孩说的，在这里干活儿吧！用一张鹿皮，尽可能多做几双长筒靴吧。

这天夜里，沐浴着皎洁的月光，清作足足做了有十双长筒靴。

天亮的时候，他把留给自己的一双穿到了脚上，其余的九双往马上一驮，朝着镇子出发了。朝着镇子——那大街上熙熙攘攘、人声鼎沸的镇子的方向——

不过，在原野上越往前走，清作越来越吃惊。

原野上是一望无际的大蓟的花！怎么走、怎么走，都是开得绚丽烂漫的红紫色的花在风中摇曳。连那条迄今为止一直在那里的羊肠小道，也被大蓟的花给埋住了，找不到了。还有比这更难走的原野吗？还有比这更危险的原野吗？侧耳倾听，这回是花儿们自己唱起了歌：

"撒出来吧，撒出来吧，花的种子。
撒出来吧，撒出来吧，花的种子。"

和那女孩一样的调子。而且，是像针一样尖锐、高亢的歌声。大蓟的花们一边在风中摇曳，一边好像是自己在迅速地增多似的，那势头太凶猛了！不过是一个晚上，就成了一望无际的刺人的原野了。而且，越是往前走，大蓟越高，叶子越大，草丛也更加深了。不知从什么时候起，清作要扒开草才能前进了。

就快要到镇上了吧——不，从里程上来看，应该已经走到镇子的中央了，这时，前头的草沙沙地摇晃起来，清作的耳朵里听到了这样一个声音：

"脚疼得走不了啦，清作，卖给我一双长筒靴吧！"

清作一怔，站住了，眼前跳出一只狸子，用小小的黑眼睛仰望着清作。

那一刹那他吓坏了，因为这只狸子的背上有个枪眼，是一个黑乎乎的旧伤疤。而且，那张脸和那身皮毛，他觉得特别眼熟。

（是的，绝对是的，这是我刚开始干这一行生意时，卖给镇子上那家最大的毛皮店的狸子！）

清作想和这只狸子搭话，可舌头不听使唤，发不出声音了。于是，狸子又说了一遍：

"卖给我一双长筒靴！"

说完，从嘴里掉下来一块银币。银币骨碌碌地滚到了清作的脚下。

"……"

脸色苍白的清作，从行囊里取出一双新的长筒靴，给了狸子。狸子把它们穿到后腿上，摇摇尾巴，就消失在草丛中了。清作突然害怕起来。一种来历不明的恐惧，从脚下哆哆嗦嗦地爬了上来。他哪有心思去捡什么银币！才一个晚上，这不可思议的大蓟花就把原野、镇子、村庄、房子和人都给埋了起来！而且，也许现在这里还活着的，只有起死回生的毛皮们了吧……

就在这时，像沸腾的回声似的，从大蓟的花丛里响起了一个又一个的声音：

"卖给我一双长筒靴！"

"清作，卖给我一双长筒靴！"

"卖给我……"

等反应过来的时候，清作的身边已经坐满了数不清的狐狸、狸子和兔子。每一只身上都有枪眼，每一只嘴里都叼着银币。其中，也有的叼着五块、十块银币。它们把银币噼噼啪啪地丢到了清作的前头，缠住他要长筒靴。清作不顾一切地把长筒靴从马上卸下来，分给了动物们。但是，只有八双长筒靴，立刻就没有了。清作尖声叫了起来：

"已经没有了！长筒靴已经没有了——"

然后，他骑到了马上。

马背上不知什么时候已经空荡荡了。和长筒靴一起驮在上头的狐狸皮呀，狸子皮呀，全都不见了。

清作抽了马一鞭子，没命地穿过一望无际的大蓟原野，朝着大山、朝着自己家的方向……

风"呼——呼——"地朝耳朵后面吹去。奇怪的是，这时马的蹄子几乎就没有贴到地上，而是像长上了翅膀一样，在天上飞翔。

　　然后等清醒过来，清作已经回到山里自己的家了。这时清作的那张脸，苍白得吓人，三天都没有直起腰来。

　　从那以后，他辞去了毛皮生意。

　　他一生都珍藏着那一双仅剩下来的长筒靴。缝得密密麻麻的彩色的线，永远都是那么鲜艳，永远都不褪色。

蓝色的线

那扇蓝色的门，渐渐地大了起来，我差一点就被吸到里面去了。当门『吱』的一声打开来的时候，对面是一片雾，从雾里传来了妖魅的歌声。

1

"喂，把心里想的话全说出来哟！那样的话，就轻松多了。憋在心里，最害人了！"

尽管这样温柔地去搭话，可千代还是沉默着。

"喂，这会儿，这里只有我和你两个人。店里的人全都睡着了，而且我谁也不会说。"

老板娘也是一片好心。这个大约从半年前开始在店里打工的小女孩，好像有什么天大的烦恼，活儿也干不下去，吃饭也不香。老板娘实在是看不下去了，就想帮帮她。可是当千代从她那充满了体贴之情的眼睛深处，看出了一丝好奇心之后，摇了摇苍白的脸。

"唉，果然是不能说呢！是吗，怎么都不想说那也没有办法……不过你要知道，我们干的是接待客人的行业，不笑脸相迎可不行呢！"

丢下这句话，老板娘就走出了房间。楼梯嘎吱嘎吱的响声，慢慢地落到了黑暗里。

蹲坐在阁楼的月光中，千代沉思开了：

爱上了一个连一次面也没有见过的人，一想起那个人，心里就会一阵痛苦，这怎么对人说呢？如果一说出口，老板娘就会笑起来了吧？什么秘密的约定，转身还不就忘掉了，到了明天，就会大声地把这心里话重复给别人听了吧？随着那尖厉的笑声，千代的秘密立刻就会传遍店里，那以后，她也许就不能抬头走在这个小镇上了。

——哈哈哈，这可太让人吃惊了！小小的千代，竟像个大人似的爱上了一个男人，而且连面都没见过，还会痛苦！再说了，就是想写信，也不好办啊，不知道地址又不知道姓名。哎呀，真是拿她没办法！

千代就是害怕这些，怕大家嘲笑她是一个傻丫头。而且，从那里，大家又会知道她另外一个沉重的秘密。

千代十四岁。

千代是一个孤儿，是一边这家那家地帮人照顾孩子、跑腿，一边长大的。在学校里只学了几个字母，就不去了。然后，刚刚到了十四岁这天，一个温柔而美丽的大婶，在山村里找到了千代，说：

"怎么样？你愿意到我们家来当女服务员吗？是镇上的旅馆呀，薪水很高的！"

浓妆艳抹的脸上挂着微笑，那人笑了。香粉的味道，让千代的心一阵阵发痒。

千代二话不说就答应了，第二天，就和老板娘一起坐上了火车。

名叫"角屋"的旅馆，就坐落在山脚下的小镇的车站前面。千代从到角屋的那一天起，就系上了束衣袖的带子，开始擦灰、汲水和洗衣裳了。千代不怕干活儿。因为她知道，孤儿出身的自己，不论是去什么地方，都没有那么舒适的地方。

千代最喜欢的活儿，是擦店里的玻璃门。对着那写着"角屋旅馆"、重重的玻璃拉门，哈哈地吐了口气，上上下下地擦亮了之后，玻璃是那么的晶莹剔透，遥远的群山清清楚楚地映照在大大的四方形的玻璃当中。千代每天早上，都仔仔细细地擦这四扇拉门。而且，一边干着这活儿,一边无意中想着自己遥远的未来。

千代的梦想,是有一天能成为一个好人的新娘子。这个人,大概对于千代来说,是唯一的一个亲人了。千代最近一想到这样一个人有一天能把自己娶回去,心里就一下子亮堂起来了。

有一天。

这是早春的一个升起几缕阳气的早上。

千代透过店里那水汽朦胧的玻璃门,看到远远地有一个不可思议的人影在晃动。

(这么早就有旅客了!)

千代急忙去开玻璃门的锁,可冻僵了的手指怎么也不听使唤。

那人像是骑着马,又给人一种感觉,如同一只轻盈飞翔的白色的大鸟,渐渐地接近了。然后,看着千代,慢慢地举起了一只手……

千代吃了一惊,禁不住用左手擦了一下玻璃门。但是,变透明了的玻璃对面,没有一个人,只有一条冰雪消融的道路伸向车站。

不知为什么,千代有一种好像被骗了似的感觉,愣了老半天。

然而,第二天早上,千代又透过水汽朦胧的玻璃门,看到了同样的幻影。骑着马的人,又高又帅,那一刹那,千代的心颤抖起来了。

(他是来见我的吧?)

可急忙打开门,那里还是一个人也没有。

这样的早上连续出现了几次之后,千代的心已经成了那不可思议的影子的俘虏了。千代用自己的想象,把那个骑马的年轻人的形象完全填补起来。才过去了四五天,那人从头到脚,不,连一根根头发都是那么清楚,像画一样鲜明地呈现出来了。他既像从前到千代长大的村子里来过的马戏团中的一个技艺超群的荡秋千的小伙子，又像千代看过的第一本图画书中的王子。

一天，千代一边往浴池里添劈柴，一边悄悄地对领班的正吉老爷爷说了这事。

"每天早上，我能在玻璃门那边看到我的恋人呢！"

这一刻，千代那张被烟灰熏黑的脸，与往日不同，变得光彩照人，老爷爷不由得停住了劈柴的手。

"嗬，那是怎么一回事？"

老爷爷一边咚咚地敲打着腰，一边感兴趣地又问了一遍。然后，细细地听完了千代的讲述，他觉得那不是春天的阳气，就是霞光在作祟。但一看到千代那一脸幸福的表情，又不忍心告诉她真相，就闭上了嘴。到后来，不知不觉地竟说出这样的话来了：

"那也许是在找你住的地方哪！"

"真的？"

千代用手捂住了胸。那双眼睛里，头一次洋溢出了对意外相逢的亲人的亲昵的喜悦。

千代不是一个漂亮女孩，但她的笑脸特别可爱。看着她那天真烂漫的酒窝，正吉老爷爷突然想让千代的那个梦想变得更大、更加美丽地膨胀起来。于是，就想出来了一个孩子气十足的恶作剧般的主意。

正吉老爷爷给千代写了一封信。一封小小的情书。一封温柔而美丽的信。没有写寄信人的名字。为了做得像真的一样，正吉老爷爷还特意投到了站前的邮筒里。

老爷爷只不过是想给孤儿出身的千代编造一个亲人。仅此而已……

正吉老爷爷投到邮筒里的信，第二天早上送到了角屋。

"嗨，千代的信！"

邮递员在店前面大声地叫着。

"什么？我？"

千代瞪圆了眼睛，接过信封，呆呆地站立在店的前面。她太知道了，这个世界上，连一个给自己写信的人也没有啊！不过，接过来的信封上，黑黑地写着千代的名字。千代连忙把它藏到了怀里。

这天晚上，借着阁楼窗边的一丝月光，千代读起那封信来。

是一封全是用拼音写的信。上面写了千代可爱的酒窝、昨天系上的新的红围裙。从那用字母拼写得不流畅的文字里，千代感觉到了一双关怀着自己的温暖的眼睛。

（谁呢……有人在什么地方暗中看着我呢……）

千代的脸立刻就红了。啊啊，谁呢？到底是谁呢？

年轻男人的脸，一张接一张地浮现在千代的脑海里。店里进进出出的蔬菜店的人、鱼店的人、米店的人、车站的检票员、送报纸的人，以及川流不息的形形色色的小贩。

可是，谁都不是千代的恋人。那是一个没有汗味、没有食品气味的人。假如要说什么气味的话……对了，那就是艾蒿的气味。那应该是一个远道而来、越过一片一片一望无际的原野、来迎接千代的威风凛凛的年轻人。千代出神地仰望着夜空。然后，她想：

啊啊，也许是玻璃门外面的人吧？也许是瞅了我一眼，就连忙隐身的那个人吧……是的，准是。除了那个人以外，又有谁能写出这样好的信呢……

这天整个一个晚上，千代都觉得是那么的幸福。不，第二天、第三天也是那么的幸福。千代变得爱照镜子了。而且,还会冲着镜子中的自己微微一笑。千代的酒窝,变得更加可爱了,那系着红围裙的身影也更加勤快了。正吉老爷爷看着千代的那个样子,连自己的心窝也暖洋洋起来。

不过,还没过去几天,千代的样子就有点不对头了。

心不在焉地胡思乱想着,不是打碎了盘子,就是绊翻了装满水的抹布桶,而夜深人静,又会呆呆地站在洒满月光的道路上,一站就是好久。这也许是女孩爱上了眼睛看不见的东西的一种病吧?

一天,千代又和正吉老爷爷聊了起来。

"我呀,虽然收到了那个人的来信,可既不知道姓名,也不知道住址,就再也没有信来了。我每天等着后面的信,可再也没来过。喂,那个人已经把我给忘记了吧?"

于是,正吉老爷爷把他那凹在皱纹里的细眼睛,眯得更细了,他点点头:

"你呀,只要努力干活儿,成为一个大姑娘,是啊,到了二十岁,那个人肯定会再次出现!那之前,还是把他珍藏到你的心里吧。"

"二十岁!"

千代一想到那一天那么遥远,都快要昏过去了。到二十岁为止,自己究竟应该怎样生活呢?就这样擦地板、洗碟子、洗衣服、端盘子、给人跑腿……她不想让这样的事充满自己的时间……千代还是头一次有了这样的想法。

要是把二十岁之前的时间,全都用给那个人该有多好啊!要是日子能在给那个人缝衣服、给那个人写信中度过该有多好啊!千代发自内心地这样想道。而这时,一个新的念头像星星似的闪耀了一下：

对了，织毛衣！

千代欣喜若狂，对了，对了，给那个人织毛衣……

千代想，到二十岁为止，哪怕是每晚只织那么一点点，也要舞动织针，想着那个人。这样做，是唯一一个不让自己心中的那暖融融的暖意逃走的方法。

千代的毛线活儿特别好。

还是在村子里的时候，千代就给附近的孩子们织手套、织围脖，挣点小钱了。千代总是坐在田埂上，一边看着孩子，一边舞动着织针。而那些调皮鬼们就会凑过来，起哄道：

"嗨——嗨——葫芦孩儿，
你妈妈是一个绿葫芦。"

村子里的人管千代叫"葫芦孩儿"。因为有大人开玩笑说，你呀，是被放到了葫芦里，一沉一浮、一沉一浮地从河里漂来的。但是，实际上千代是一个弃婴，是被一个旅人抛弃在山村仅有的一家客栈前头的小婴儿。

"那个旅人，后来去了哪里呢……"

当千代知道了真相，这样问的时候，客栈的老奶奶这样说：

"是啊，真的不知道去了哪里。说是一大早，就像飞走的鸟似的，不知去向了。也许是大山那边，要不就是山脚下的小镇那边。雾太浓了，没有一个人看清楚。不过不管怎样，有人说看到一个身材苗条的白白的女人，像飞翔的白鹭一样轻盈地走着，不知不觉地就不见了。"

这话让小小的千代铭记于心。千代一遍又一遍地在心里重复着这个故事。

我的妈妈是鸟吧……是住在雾里的白鸟吧……

如果真的是这样，那太让人高兴了！千代想。于是，织喜欢的毛线活儿时，就总是想着白鸟。于是，活儿就干得顺当多了。千代一天能织好几双小孩的袜子。千代已经懂得那长长的线穿过手指变成各种各样的形状的喜悦了。

所以，这回一想到要织毛线活儿，千代的心又像过去一样生气勃勃起来了。

（什么颜色好呢……）

每天晚上、每天晚上，千代为还没有见过面的恋人试穿着各种颜色的毛衣。树叶的绿色、云彩的灰色、落叶的茶色、雪的白色、天空的蓝色……啊，天空的蓝色！

千代跳了起来。

那个小伙子，最配天空的蓝色了。

（买来新的蓝色的毛线，我明天就开始织吧！）

整个身体的血都热了起来，千代的心中喜悦得都透不过气来了。

找到最配那个人的颜色的喜悦……现在，毛线成了联结千代与那个人的唯一的纽带。

（明天去买毛线！去买蓝色的毛线！）

千代沉醉在梦里，一遍又一遍地这样想着。

站前街道的毛线店，有个小小的橱窗。一到夜里，那里就会亮起灯，漫不经心地陈列着的好多种颜色的毛线，比白天看上去，不知要好看多少了。

只一眼，千代就喜欢上挂在那里的蓝色的毛线了。颜色清爽而美丽，就像十一月大山里的天空。

（就用它了。）

千代嘎吱一声推开门，进到里边，一口气说道：

"能看看挂在橱窗里的蓝色的毛线吗？"

毛线店的主人微微一笑，说：

"啊，那个呀，那是上等品，是舶来品。"

千代还是头一次听到舶来品这个词，听上去像一种少见的香烟的名字。

"嗨，让你久等了。"

主人从橱窗里取出一卷蓝色的毛线，轻飘飘地放到了千代的眼前。千代用粗糙的手摸了摸，多么温暖、轻盈啊。

"呀……多好的毛线，像鸟的羽毛似的。"

好半天，千代都陶醉在那种触感中。然后，她眼睛闪烁着光芒，问道：

"老爷爷，织一件毛衣，要用多少毛线呢？"

可是这时候，毛线店的老爷爷正背对着她在接待另外一位新来的顾客。千代攥攥那蓝色的毛线，又松开了，就那么出神地看着，当拴着的标价牌翻了上来时，她吃了一惊。那毛线的价格，比现在千代和服的袖兜里哗啦哗啦作响的一个月的薪水还高！

千代定睛细看，还是一样的价钱。

不知道是怎么了，这时千代的心狂跳起来，手也微微地抖开了。千代偷偷地瞟了毛线店的主人一眼。

"……啊啊，如果用这红色的，很般配吧？比这边的线要鲜明多了……是啊……如果要是毛衣，这些就正好吧……"

一边心神不定地听着，千代的手一边抓住样品蓝毛线，飞快地挪到了袖兜里，不过是一眨眼的工夫。

"我还——来！"

用走调的声音这样叫着，千代冲出了毛线店。

然后，千代一口气跑过站前的街道。脊背上起了一身鸡皮疙瘩，跑得上气不接下气。偶尔她还会觉得自己的木屐的声音响遍了整个镇子似的，停下来，往后看去。接着，又喘着粗气，悄悄地按一下袖兜里那柔软的毛线。

就这样，千代有生以来头一次偷了东西。"鬼迷心窍"这个词，就是用在这个时候的吧？

从这天开始，千代变成了一个沉默寡言的忧郁女孩。

偷窃，是一种多么坏的行为，就连没怎么上过学的千代也是知道得清清楚楚的。因为客栈的老奶奶告诉过她，哪怕只是偷了一根针，死了也要掉进地狱。然而，现在千代害怕的不是什么地狱，死了之后掉进地狱，那日子还太遥远了，她并不觉得恐怖。千代害怕的是毛线店的主人，还有这个屋子里的老板娘、女佣伙伴，以及镇上的人们。一想到有一天警察的身影也许会破门而入，千代就一个人发起抖来了。

"偷舶来毛线的女孩！"

这样的传闻，传遍了整个小镇，如果，啊啊，如果传到了那个人的耳朵里去可怎么办啊……如果要是给夸奖过我的酒窝和围裙的心上人知道了……

千代夜里也睡不着了。

千代想把这痛苦全都告诉给什么人。如果不说出来的话，她觉得心就要被沉重的秘密给压碎了。

然而，这几天正吉老爷爷得了重病，正躺在床上。千代时不时地走到他的枕头边上，贴着他的耳边问：

"爷爷呀，我的恋人真的会来吗？肯定会来接我吗？"

啊啊，啊啊，正吉老爷爷点点头，然后就痛苦地咳嗽起来了。千代的样子让老板娘担心起来，不停地问她：你怎么了呢？可是千代对老板娘怎么也说不出口。

千代现在只想着见到那个人。

啊啊，快快！尽可能快一点让马飞驰起来，来迎接我吧……千代心急如焚地攥紧了两手，这样想着。

一个夜深人静的晚上，千代从自己的箱子的底下，悄悄地把偷来的毛线取了出来。然后，她想：还是尽快把它变成一个有形状的东西吧！

千代把毛线围到了脖子上。于是，她决定织一条蓝色的围脖。

千代想，只有这么一卷毛线，织毛衣太少了。再说，蓝毛衣是漂亮，可蓝围脖更漂亮！也许说不定织完了暖洋洋的围脖的那一天，那个人会出乎意料地出现呢……不知道千代为什么会这样想。

从那一天起，千代的秘密甜美地膨胀起来了。

那恰似一间谁也不知道、紧锁着的小屋子。然而，那里亮着一盏橘黄色的灯，常常会散发出一股甜甜的花香。躲在那个小屋子里的一刻，千代的心里会充满了一种从未有过的不可思议的喜悦。想到在那个秘密的小屋子里等着那个人归来的自己，千代就被那幻想迷住了，激动不已。

千代竖起了耳朵，像是要从屋前路上来来往往的脚步声和喧闹声中，分辨出那个人似的。然后，她就深情地幻想：

我终于成为新娘子了！

新娘子，是千代长久以来的憧憬。

以前是什么时候了，千代在村子里看到过漂亮的新娘子。去河里洗萝卜，听到了接新娘子的队伍的喧闹声，千代就那么拎着萝卜，光着脚，冲到了路上，惹得众人好一顿笑。可是那时，千代的眼睛都圆了，被新娘子的衣裳迷住了。

我现在要是也能穿上那样的衣裳就好了。然后，要是能走得远远的就好了……千代那时就暗暗祈愿，自己要是成了新娘子，就能摆脱"葫芦孩儿"的境遇了！住在千代心中的那只白鸟，不知从什么时候起消失了，替代它的，是自己那新娘子的模样。

现在，千代总算是成了新娘子，在秘密的小屋子里，听着那个人的脚步声。然后，听着那个人在门外叫着"千代、千代"的声音。但是，那扇门却从来没有打开过。

白天，当千代用米糠包擦走廊的时候，总觉得那个人的脸映在了擦得锃亮的地板上，肩膀哆嗦个不停；只要有邮局的红色自行车从店前通过，她的脸上就会泛起红晕，冲到马路上去。这没有任何反应的渴望让她着急，常常是泪流满面。那个人已经把我给忘记了吧，还是不喜欢我了呢？

或者说不定……啊，说不定根本就没有那个人吧……

这是常常掠过千代心头的最可怕的想法了！一想到这里，她都吃不下饭了。

千代瘦了。

——千代最近不正常哟！

——什么地方不舒服了吧？

——啊，去看一次医生为好啊。

——不，还是不要管她吧，这是那个年龄常有的事。

说什么的人都有。但是，从心里担心千代、听千代倾诉的人，已经连一个都没有了。正吉老爷爷一个月前死了。

要说千代最幸福的，则是干完了活儿的夜里，在阁楼那没有灯罩的电灯泡下织围脖的那一刻了。围脖是两段间隔的条纹图案。那就像是一道接一道涌上来的蓝色的海浪，又像怎么跑也不会消失的原野的地平线。就这样，千代白天像一个没有灵魂的人一样劳动，而夜里，则成了那个甜蜜的梦的俘虏。

不久，从阁楼窗子里吹进来的风，就带来了金桂的香味。而这时，千代已经完全沉溺于那个秘密小屋的幻想之中了。

千代在那股花的香味中，想象着那个人骑的马，想象着那个人住的房子。那房子的墙壁上，也许盛开着玫瑰。窗子上，也许落着小小的蝴蝶。房间里有花盆里的花，还有、还有……

可是，尽管想啊想啊，那个人连一张明信片都没有。

围脖的针眼，常常织走了样。

这样没过多少天，千代就变得完全不说话了。目光呆滞，再也不笑了。除了那个人之外，千代什么也不想了。

千代心里的秘密，一天天大了起来，到了蓝色的围脖快要织好了的时候，那小小的胸膛已经装不下下了。

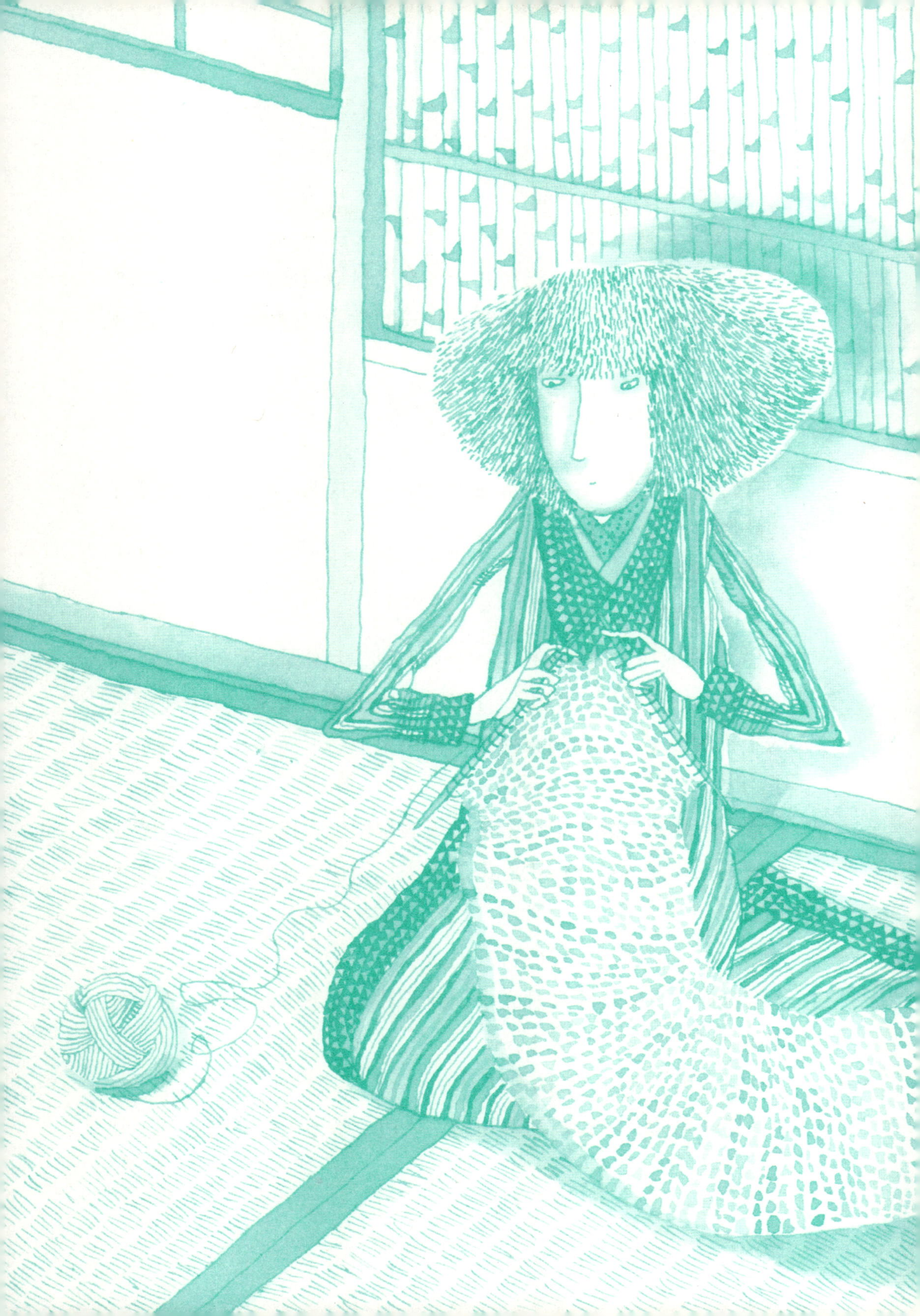

（要破裂啦！）

一天晚上，千代这样想。

（可是，要是破裂了，就结束了。）

如果要是可能的话，这会儿千代真想尽情地放声歌唱了。真想把心中的思念，编成一首长长的、长长的歌，用连绵不断的声音来歌唱。

"我想变成鸟！"

千代嘟囔了一句。

有时候，语言有着一种可怕的力量。就这么一句话，竟决定了千代的命运。

"我想变成鸟！"

千代又嘟囔了一遍。

"我想变成鸟，落到树枝上，一直唱到二十岁那一天……"

在满月的月光下，千代的身姿鲜明地浮现了出来。织着毛线活儿的千代的影子，清晰地投射到了榻榻米上。上面是摇曳的树叶的影子。

倦倦的睡意，裹住了这个小女孩的身躯。千代的身子，一点点地朝着还没织完的蓝色的围脖倒了下去，很快，就像一块石头似的睡着了。

就这样一直跪着睡在月光中，到了月亮沉下去的时候，千代的身姿如愿以偿地变成了一只小鸟。

一只蓝嘴、透明一般的白鸟。

鸟停在窗边，一边扇动着翅膀，一边尽情地歌唱，随后就不知

飞到哪里去了。

　　太阳升得老高了，见千代还没有起来，老板娘到阁楼上来叫她的时候，那里只剩下一条还差一点就织完了的蓝色的围脖。

2

　　自那以后，二十年过去了。

　　世上发生了翻天覆地的变化，可唯有这个小镇，还像过去一样静静地躺在山脚下。

　　站前街道的家家户户还是过去的老样子，人们那一张张朴素的面孔，也和从前没有什么两样。

一个秋天的过晌，一个小伙子突然来到了角屋旅馆。

临近乡祭了，与往日不同，小镇上充满了生气。而且，这家古老的站前旅馆好像也已经客满了。

"哎呀旅客，不巧今天已经客满了，乡祭啦。"

已经很老了的老板娘，看着旅客的脸，惋惜地说。

"不，无论如何请让我住一个晚上吧，到处都被拒绝了。"

男人用一只手擦了一把汗，把扛着的东西轻轻地放了下来。那像是照相机。男人飞快地介绍说自己是一个摄影家，为了拍这一带的风景，特意从东京过来的。

"是要放在杂志卷首的照片啊，杂志的。天不晴，没法工作啊。明天一定要把那一带的山拍下来。什么样的房间都行，求您了。"

老板娘眨巴着眼睛，想了一会儿，然后说：

"旅客，如果阁楼你不介意的话，就请住下吧！"

"行啊，只要能伸直了腿睡觉就行。"

男人已经在脱鞋子了。

爬完嘎吱嘎吱作响的陡楼梯，就是那个房间。这间屋子倾斜的天棚都变成了黑褐色，阴冷灰暗的房间，好像是一个杂物间。唯一的一扇窗户的玻璃，好像已经有几十年没有擦过了，脏兮兮的。

"阴暗的房间啊！"

男人"哗啦"一声打开了窗户。刚才还求人家说什么样的房间都行，转眼间就忘得一干二净了，嫌恶地看着窗边积满了的尘埃。女服务员把他带上来以后，立刻就下去了，连杯茶也没有送来，说了声"拜托"就把登记簿放在了褪成红褐色的榻榻米上。登记簿在风中打着卷儿。男人在它上面蹲了下来，在姓名一栏写上了"佐山周一"几个大字。然后，站了起来：

"棉坐垫在什么地方？棉坐垫呢？"

顺手打开了柜子、壁橱，可里头塞满了满是灰尘的旧东西，根本就没有什么被褥。

长长地叹了一口气，佐山周一扑通一声坐到了窗户下面，抱住了大腿。

远方的笛声，断断续续地传了过来。

"说是乡祭了。"

周一这样嘟囔着，一边闻着风的味道。身子给柔和的阳光罩住了，周一的心渐渐地平静下来。这样恬静的地方，什么时候也曾经有过吧？周一想。对了，这样宁静的向阳暖和的地方，儿时曾经有过，是无忧无虑地睡在母亲膝头上的那会儿……

不知为什么，心情突然变得好极了，周一一骨碌躺了下来。

躺在那里看着山里的天空，天怎么会这么蓝呢？周一真想让自己的一颗心，在那片小小的、被切成正方形的蓝天中浮上一会儿。整天扛着沉重的照相机在街上转来转去，他有点疲倦了。周一想到了那些拍完又丢弃了的数不清的照片。接着，又想起了一直住到昨天为止的那夕阳斜照的窄窄的寄宿房间。

"那样的生活继续下去，有什么意思呢……"

周一叽叽咕咕地嘟囔着。然后，目光突然移到了壁橱的方向，不由得怔住了。

那里有一片蓝色让人眼睛一亮，与刚才看到的天空的颜色一样。就宛如浮在房间里的一片天空的碎片似的。

"……"

周一猛地爬了起来，然后定睛一看：

"什么呀，不是毛线吗？不是围巾吗？"他嘟囔道。

从刚才自己"嘎吱"一声打开、忘了关上的壁橱的旧物里，轻轻地垂下来一条围巾。

"可是……怎么会……这颜色怎么会和今天的天空一样呢？"

周一说不出的欢喜，眨巴了几下眼睛，把它拉了出来。

虽然好像是相当旧的东西了，满是尘埃，但却没有褪色。毛线软软的，手感好极了，像是哪个女人用心灵织成的东西。这围巾还差一点就织好了，一扯线头，纷纷散开了。

（是谁还没有把它织完，就塞到里头去了呢？）

仔细一看，这条围巾上的图案太不一致了。凸出来的条纹图案，常常织着织着就奇怪地走样了。看得出来，那女人织它时是怎样的心乱如麻啊！

（尽管如此，都织到这里了，怎么就不织了呢？就差那么一点点了。）

这让周一猜到里面似乎隐藏着一个谜团。还剩下两三段就织完了，怎么就半道上停止了呢？他被这个念头驱使着，无论如何也想知道那个织围巾的人当时的情形。

这也许与周一遥远的记忆当中，有一个只织了一只袜子就死了的人有关。那个人，直到现在还静静地留在周一的心里，让他常常黯然神伤。

（那袜子也是这种颜色的吧！）

周一想。于是，就像喷涌的泉水一般，过去的记忆紧跟着就从心底里冒了出来……

"这回给阿周织一双袜子吧!"
"……"
"什么颜色的好呢?茶色、藏青色,还是绿色的?喂,什么颜色的好?"

那时的我,笼罩在一片痛苦与悲哀之中,不管是看什么、听什么,也唤不起欢乐。

"喂喂阿周,喜欢什么颜色?"

一边玩弄着五颜六色的毛线球,十七岁的圭子一边笑得像一朵花。十二岁的我,阴沉着脸蹲在那里,毫无兴趣地回答了一句:什么颜色都行!于是,圭子从筐里选了一团蓝色的毛线。

"那么就这个啦。"

像球一样被拣出来的线团,闪耀着盛夏大海一样的蓝。

后来圭子用她那白白的手指,花了几天,才把那团毛线织成了袜子的形状呢……

"阿周,织好一只了,来穿一下好吗?"

一天,圭子拎着蓝色的袜子来了,在我的房间的外面轻轻地唤道。

"一只有什么好穿的!"

听我这样毫无兴趣地回答,圭子拉开拉门,走了进来,把袜子

拎到躺在那里的我的鼻子前头,摆出姐姐的样子说:

"瞧,好看吧,多配阿周啊!"

"……"

"下回滑雪时穿吧?"

圭子坐到了一声不吭的我的身边,轻声说。

"阿周,振作起来吧!把妈妈的事忘了吧!"

(妈妈的事?)

像被看透了秘密的小小的孩子似的,我的肩膀哆嗦了一下。

(哼,谁想妈妈的事了!)

紧紧地闭上了嘴唇,瞪着天棚,可眼泪还是流了下来。我妈妈扔下我,突然就结婚了。把我像行李一样寄放在亲戚家里,嫁到别的地方去了……我那时的惊异,一个月过去了,两个月过去了,怎么也忘不了。天天都是那么害怕,不知不觉地就变成了一个缩在贝壳里的孩子了。

"喂,让我来给你当妈妈吧!"

圭子说。真的?见我睁开了眼睛,圭子莞尔一笑,不停地点着头。白净的脸上挂着笑容,不知为什么,那时的圭子看上去就好像是一朵满脸是泪的花。

圭子从围裙的兜里,把织剩下的蓝色毛线掏了出来,把它系成了一个大大的圈,鼓励我说:

"阿周呀,我知道很多种稀奇的翻花绳呢,你看!"

圭子把毛线绕到了白白的手指上,马上就翻出了一个不可思议的形状:

"看啊,蝴蝶!"

她叫道。然后，两手高高地举了起来，真的哟！线的花样在我房间的白墙上投下了一个明显的蝴蝶的形状。

我情不自禁地蹦了起来。

"我也能行吗？教教我！"

我伸出双手。

圭子把蓝色的毛线仔细地挂到了我的手指上，"这样、这样"地教起我来了。

"然后，把这根手指取下来，这样挂住这边的线。"

于是，真的哟，我也能做出蝴蝶来了。

翻花绳翻出来的蝴蝶，眼看着就要离开我的手指飞上天去了似的。又轻又飘，就像丝带一样——夏天天真烂漫地追逐蝴蝶的日子，一下子在我的心中复活过来了。

我追赶着蝴蝶四处乱跑，而我的后面肯定跟着妈妈。妈妈穿着夏天的白衣服，像百合花一样地笑着……

我啪地一下放开了双手，蝴蝶坏了。

接着，圭子又和我玩起了各种各样的翻花绳游戏。圭子知道那么多翻花绳，太叫人吃惊了，她像变魔术似的，一个接一个地翻给我看。

"看呀，鱼！"

随着圭子那清脆的声音，本来看不出鱼的线的花样，立刻就变成了让人联想到鱼的形状，太不可思议了。只剩下蓝色骨头的鱼，不作声地看着远方。

"看呀，筝！"

"这是扫帚，这样一翻就是降落伞了。"

"篱笆。"

"牵牛花。"

"梯子。"

"摇篮。"

"这回，是星星。"

不知不觉地，我就陷入到这种不可思议的线的游戏中不能自拔了，一动不动地坐在一个地方，一直玩到天黑。

不知从什么时候起，一根线，对于我来说，就成了一个美丽的小宇宙。那是一扇能无限地创造出一切的梦境的门。而且，再也没有比它更能让我忘记心中疼痛的东西了！

才几天的工夫，我就记住了圭子教给我的翻花绳游戏。除此之外，我还不断翻出了新的花样。因为翻花绳，我学习也不用功了。因为翻花绳，我在外头也不和朋友们玩了。

一天，圭子对走火入魔的我说：

"阿周，翻花绳真的很可怕呀！听说有的人太入迷了，连觉也不睡，一个晚上接一个晚上地翻，最后，人就消失了。"

"哪里？什么地方有那样的人啊？"

"什么遥远的国度哟！是南岛土人说的哟，说是有人成了翻花绳的俘虏。那个人就像被蜘蛛丝粘住了的虫子似的，一点点没了力气，最后人就消失了。"

虽然听上去像是什么地方的传说，但它弥漫着一种青白色诅咒的气氛，我那时候心里就扑腾了一下。

（会有这样的事吗……）

提心吊胆地盯着绕在手指上的线看，那线看上去就仿佛隐藏着魔力似的了，连自己的手指都不听自己的意志指挥了。于是，翻花绳一瞬间就笼罩上了一层五彩缤纷的恐怖，我一边战栗着，却又一边跌到了这个游戏里。

实际上，只有一次，我差一点就成了翻花绳的俘虏。

那是我翻花绳翻出了一扇门的时候。有一种错觉向我袭来，那扇蓝色的门，渐渐地大了起来，我差一点就被吸到里面去了。当门"吱"的一声打开来的时候，对面是一片雾，从雾里传来了妖魅的歌声。我想，那不是人的声音，不是鸟的声音，是草呀树呀花呀——要不就是更加莫名其妙的东西的谜一样的呼唤声。

我就要跌进那雾里去了，禁不住大声叫起来！我紧紧地搂住了那扇门，然后，当我神志清醒过来的时候，我正坐在黑乎乎的房间的角落里。

简直就像险些从悬崖上掉下去、捡了一条命的人一样，我得救了！

可是那之后没有多久，圭子就生病了，匆匆忙忙住进医院，几个月之后就死了，好像是替翻花绳翻过头的我而死了似的。

蓝色的袜子，永远只有一只了。

那之后，我偶尔也会悄悄地用毛线系成一个圈，缠绕到手指上，翻成一个梯子。然后就想，如果这蓝色的梯子长长地连起来，说不定会够到天国的圭子。

打那以后，我再也没有遇到过温柔的女人。肯为我织东西的人、肯为我做饭的人、肯听我烦恼的人——一个也没有。是的，一个也没有。就这样我长大成人，长成了大人之后，好些年过去了。

叽、叽、叽、叽。

好像在窗户外边听到了小鸟的叫声。周一从过去的回忆中被唤了回来。

他悄悄地拆起在阁楼里找到的蓝围巾来。拆下来的毛线卷卷的,很像过去圭子房间里摆着的玩偶的头发。周一扯下一段毛线,系成了一个圈,悄悄地玩起翻花绳来了。

"烟花。"

突然开出了蓝色的烟花,在周一的手上奇异地燃烧起来。

"接下来是帐篷,一顶蓝色的帐篷!"

于是,翻花绳翻出来的帐篷里,立即就亮起了灯,从入口飘来了孩子们的歌声。

"接下来是雨伞。"

就在这时,有个什么东西,冷不防把周一手上的那把小雨伞给夺走了。

是小鸟。

白得透明、唯有嘴是蓝色的小鸟,从阁楼的窗边飞了下来,一眨眼就把毛线圈从周一手上啄走了。

"……"

周一呆若木鸡,张着双手愣在那里了。

小鸟就那么衔着毛线,一动不动地停在了紫薇树上。不过,很快就一下子飞走了,消失在了远处林子的深处。

"旅——客，洗澡的水烧好了呀——"

从楼下传来了粗鲁的招呼声。

"旅——客，洗澡！洗澡了——"

好像不答应一声，老板娘那嘶哑的声音就会一遍遍地重复下去似的。

周一有点神情恍惚了。

（怎么回事，怎么会被它抢走了呢……）

突然，周一觉得刚才看到的鸟，不是一只普通的鸟。那是一只从什么遥远的国度——比如说雾之国啦，影之国啦，就是从那样的地方出乎意料地飞到这个世上来的生灵。

（那不是平常的鸟！那是任何一本鸟类图鉴上都没有的鸟！）

迄今为止，周一不知拍过多少鸟了，一般的鸟，他都叫得出名字。但这只鸟，却与周一认知中的任何一只鸟都不一样。

"要说什么地方不一样……对、对了。也就是说，是让人觉得虚幻的地方啊！也就是说……那不是一只真实的鸟，虽然是像鸟影子一样的东西，但魂却在闪闪发光。是一只胸中装满了歌，怎么唱也唱不完的鸟啊……"

周一踉踉跄跄地站起来，往楼梯下走去。然后，在走廊上一把抓住了那个老板娘，飞快地问道：

"这一带，有一只奇怪的鸟吗？"

"奇怪的鸟……"老板娘歪着头，"是喜鹊吗？"

"不，不是什么喜鹊！又小又白、蓝嘴……"

想不到老板娘笑了起来：

"说到鸟呀，这里从过去起，各种各样的就多的是啊！明天你去林子里看一看，那里是鸟的旅馆！"

第二天，周一去了旅馆后头的林子。那里确实有许多鸟。

但是，没有那只鸟。没有那样一只像故事里的鸟……

一只也没有，不知是为什么，这反倒让周一多少安下心来了。这就有点像不想见到已经成了别人的自己的妈妈一样，就像不想见到如果还活着可能早就成了别人的妻子的圭子一样，在现实那刺眼的光芒中，周一不想把它往鸟类图鉴上的任何一只鸟上套。

（是的！只有我能看得到那只鸟！）

为什么会这样呢？周一想。周一有一种感觉，那只鸟好像是什么温柔的人的心。是一只仅仅是为了向自己倾诉，从一个遥远的世界飞来的鸟……

周一在林子里转了一阵子之后，折回了旅馆。然后，回到阁楼，又抱住大腿坐下了。

周一的心，已经全部被鸟占据了，怎么也没有心情扛着照相机去拍照了。

然后，等醒悟过来的时候，周一发现自己还在那里拆着、撕着蓝色的围巾，一个人翻着花绳。

"看呀，小鼓。"

"看呀，扫帚。这样一翻就是降落伞了。"

周一模仿着过去圭子的话。

"看呀，鱼。"

"这回是星星。"

"接下来，是憧憬。"

（憧憬？我说憧憬？）

周一被自己的话吓了一跳，盯住了绕在手指上的线。

简简单单的两根线。从右手的大拇指到左手的中指之间绷得紧紧的两根线，这样想着再一看，噢，原来如此，这就是憧憬啊。绷得紧紧的蓝色的憧憬的线——

这时，一个东西像树叶似的飘落到了线上。

啊，昨天的小鸟！

扑簌簌，小鸟白色的胸脯抖动着，在蓝色的憧憬的线上唱了一阵子不可思议的歌。然后，突然就啄起那线来了。

（嗯，这鸟要这线啊！）

周一轻轻地放开了手指上的力量。于是，小鸟就扑啦一下张开翅膀，衔着蓝色的毛线飞走了。

周一又拆起围巾，系了一个新的圈。然后，这回翻了一把筝。接着，就把两手伸向窗子，叫道：

"喂，看呀，这回是筝呀！"

于是，小鸟像流星似的从天空那边回来了！方才衔着的线不见了，不知放到什么地方去了。小鸟神气十足地用嘴拨弄着刚刚翻出来的筝，发出声音，然后就落到了上面，这样唱了起来：

"喂喂，我想看那个人
温柔的笑脸呀，
看呀，从艾蒿原野那边，
骑着马来了吧，
来迎接我来了吧。"

这时，周一听懂了小鸟的话。不知为什么，不可思议般地清清楚楚地听懂了歌的意思。

周一的心里，突然架起了一道小彩虹。那歌声，比他以前听到过的任何一首歌，都沁入心灵。周一隐隐约约地感觉出了歌中的苦闷。

周一翻出了一扇窗子。

于是，在翻花绳翻出的窗子里，以前从未见过的美丽的风景浮现了出来。

窗子里，是一间亮着灯的小房间。花盆里的花开了，花边上，静静地坐着一个穿着和服的女孩，正织着什么。

灯光照在女孩的侧脸上。因为她太像圭子了，周一忍不住招呼起来了：

"圭子！"

女孩的脸一下子扭了过来，立刻浮上来一对酒窝。比圭子要小多了，一个十三四岁的女孩。可是想不到，女孩奔到窗边，直勾勾地盯着周一，竟说出这样一番话来：

"你终于来了！是骑马来的吗？还是走来的？喂、喂、喂。"

"……"

周一不知道该怎么回答才好，发不出声音了。他产生了一种感觉，仿佛自己也早就渴望着见到这个女孩，为这才活到今天似的。尽管是这么说，但周一知道现在自己正窥视着翻花绳的世界。

可不能麻痹大意呀！要成为俘虏的！要陷进去的……尽管自己这样告诉着自己，但那花的芬芳太甜美了，那女孩的酒窝太可爱了，周一一边想着再看一下、再看一下，还是朝窗子里看了过去。于是，女孩接着唱起了这样的歌：

"喂喂，我喜欢那个人
身上的艾蒿的味道呀，
我系着红围裙，
张开双臂跑啊跑，
一直跑到原野的尽头。"

歌还仍然持续着。唱了有三遍还是四遍了，不不，是十遍还是十二遍了。在歌声中，窗子里的女孩，不知不觉地变成了白色的小鸟。

停在翻花绳翻出的蓝色的窗边，小鸟纵情地唱着。

彻底唱够了，小鸟又衔着线，飞走了。

"喂喂，把它往哪儿搬呀？"

周一大声地冲着飞走的鸟问道。然后，他自己也想去那个小鸟住的世界了。那也许是在浓雾之中，也许是在谁也没有去过的、紧闭的美丽的森林中，要不就是在从前差一点就把自己吸进去的那扇不可思议的门里边……

小鸟把方才的线藏到了什么地方，又重返回来，停在了阁楼的窗边，一动不动地等着新翻出来的花样。

周一翻出来一个摇篮。小鸟高兴了，衔着它就飞走了。翻出树叶，它就啄树叶；翻出花朵，它就来衔那才开出来的蓝色的花。就这样，小鸟把所有的东西都衔走了。房子和门，船和梯子，篱笆和牵牛花——于是，周一就好像和小鸟展开了比赛似的，不停地翻出

各种各样的东西。

"看呀，织布机！"

"这回是椅子。"

"嗨，饭桌。"

"柜子也要吗？"

"接下来是钢琴。"

"花篮也做好了！"

那就简直像是在搬家搬东西了。啊啊，多么生气勃勃的搬家啊！蓝色的围巾被拆得愈来愈小了，很快就只剩下一块手绢大小了，可这场比赛还在继续着。

"喂喂，我想听那个人
动听的声音，
跑去找
在山和林子的那一头，
在风的背后叫喊着的声音。"

不知不觉地，周一牢牢地记住了小鸟的歌，一起唱了起来，用鸟的声音、鸟的语言，以及鸟的心——

于是，周一一点一点地懂了，懂得小鸟收集这么多毛线究竟要做什么了。

小鸟要搭巢。

就像织巢鸟收集各种各样的材料，搭起一个花一般美丽的巢一样，这只鸟正用一条围巾那么多的蓝色的毛线，搭一个大大圆圆、像绣球花似的巢。

周一闭上了眼睛。

于是，他看见了迷雾笼罩的大森林。

森林里面直挺挺地站着一棵树。它的枝上，宛如点亮了一盏蓝色的灯一般，有个刚搭好的鸟巢。巢圆圆的，看上去仿佛是浮在空中的美丽的天体。

突然，一种强烈的无法形容的憧憬，从周一的心里冒了出来。

"啊啊，我也想变成鸟！"

周一禁不住这样叫了起来。

秋天的太阳，不知什么时候落了下去，翻手鼓翻出来的窗子里，傍晚第一颗星闪烁出了光芒。

当月亮升起来的时候，阁楼的榻榻米上，清晰地投下来一个翻花绳的男人的影子。那蓝色的围巾，已经几乎没有了。

"看呀是山！"

"这回是鱼！"

"捕鱼网！"

这时，周一想象自己沐浴着月光，坐到了那张围起来的蓝色的网上。那张蓝色的网，一点点地变大了，盖住了天空。

啊啊，成为俘虏、成为俘虏，像鱼一样成为俘虏，周一想。

翻花绳的网愈来愈大，如同星座的天空一般无边无际，而周一的身体却渐渐地变小了，不久，就不知不觉地变成了一只雄性的小鸟。

"旅——客，洗澡的水烧好了呀——"

"旅——客，洗澡了！"

老板娘发出嘶哑的声音，叫了一遍又一遍。然后"哎"了一声，歪着头，爬上了阁楼。

"不可能不在啊。那个人从刚才起，连一步也没有出去过啊。"

"嘎吱"一声拉开拉门，才叫了声"旅客……"老板娘就惊呆了。

那里没有一个人。

月光如同一块泻下来的金色的布一样，从敞开的窗户里，落到了榻榻米上。

"啊呀，这太叫人吃惊了！"

老板娘一边眨巴着眼睛，一边想：呀，是我搞错了吗？

"还是那位旅客已经走了呢？"

是啊，许久许久以前是什么时候呢，也曾有过这样的事啊！一边下楼梯，老板娘一边想。不过，那是什么时候、谁的事情，已经记不起来了。

银孔雀

作者 _ [日] 安房直子   译者 _ 彭懿

产品经理 _ 吴亚雯   装帧设计 _ 廖淑芳   产品总监 _ 周颖琪
技术编辑 _ 顾逸飞   责任印制 _ 刘世乐   出品人 _ 王誉

营销团队 _ 张超、宋嘉文

鸣谢

王国荣　王雪

果麦
www.guomai.cn

以 微 小 的 力 量 推 动 文 明

图书在版编目（CIP）数据

银孔雀 /（日）安房直子著；彭懿译 . -- 上海：
少年儿童出版社，2024.9. --（安房直子经典童话）.
ISBN 978-7-5589-2026-4

Ⅰ . I313.88

中国国家版本馆 CIP 数据核字第 202407428V 号

著作权合同登记号　图字：09-2024-0370
GIN NO KUJAKU
By Naoko AWA
Copyright © 1975 by Naoko AWA
First published in 1975 in Japan by CHIKUMASHOBO LTD.
Simplified Chinese translation rights arranged with CHIKUMASHOBO LTD.
through Japan Foreign-Rights Centre / Bardon-Chinese Media Agency

安房直子经典童话
银孔雀
[日]安房直子 著
彭　懿 译

俞　理 封面图
钦吟之 插　图

责任编辑 叶　蔚　美术编辑 施喆菁
责任校对 黄　岚　技术编辑 许　辉

出版发行　上海少年儿童出版社有限公司
地址　上海市闵行区号景路 159 弄 B 座 5-6 层　邮编 201101
印刷　天津市豪迈印务有限公司
开本 710×960　1/16　印张 10.5　字数 106 千字
2024 年 9 月第 1 版　2024 年 9 月第 1 次印刷
ISBN 978-7-5589-2026-4 / I.5268
定价 35.00 元

版权所有　侵权必究